キヨ女一代記

三島守 著

鉱脈社

まえがき

日本というこの国が未開のころ、一部の人を除いては、人は物や動物のように扱われ人権などない時代が長く続いた。封建時代の終わりごろ、権力者は国を閉ざし、外国との付き合いを禁止、自国の安寧をむさぼっていた時もあった。

気がついた時は、外国の一部の国は日本よりも、学問や技術も優れ、暮らしぶりも随分進んでいた。慌てた日本は、外国に追いつけ追い越せを合言葉に、国の改革を始めた。激論、武力衝突を繰りかえし、封建制度を打破して人間本来の世の中を創りあげようと努力し、一応の形が整ったのが明治維新であった。しかし、民主主義を尊重する国家というには遠いものがあった。

転換期の明治維新により人々は、より人間らしい生き方ができるようになった。しかし、軍国主義の名のもとに有用なものだけが大事にされ、弱者は邪魔者にされた。社会の中でも心身障がい者、貧乏人たちはその差別に陰で泣いてきたのである。

第二次大戦の終結により日本は戦争に負けたが、誰もなしえなかった、民主主義を勝ち得たのである。今度こそ、皆、人間らしく生きることができる社会、貧乏人も健常者も身障者も差別なく平等に生活できる社会になったのは、日本国民として最高の喜びである。

ここに登場するキヨという女性は、主に古い時代に生きた一人である。キヨを通して旧弊時代の、生活や習慣を覗《のぞ》いてみたい。

二十一世紀の現在からはずいぶん昔のことである。しかし、そこには人間として生きようとし、生きぬいた一人の女性の、真摯《しんし》な人生があった。参考となるものがあるとすれば筆者の喜びとするものである。

目次

第三部　百花繚乱

キヨ女一代記

第一部　奉公時代

一、貧乏百姓の長女

キヨの誕生

キヨが生まれたのは、日本の夜明けから間もない明治十九年。草深い日向、宮崎の那珂村の前田家の長女として産声を上げた。

前田家は先祖伝来の百姓で、田畑も少なく貧しい暮らしをしていた。男の子を頭に女の子が次々と生まれた。キヨの下に、リヨ、フイノ、と女が続いた。

父は名前を九十といい、短気で、すぐ激怒し暴力をふるった。今でこそ、子女虐待、人権侵害で大問題になるところだが、親が子どもを、生活のためどのように扱おうが厳しい咎《とが》めはない時代だった。

母親は温厚な人で、父親の行動に対して何一つ口出しせず、長男の寅蔵と野良仕事をし、子どもたちの面倒を見る人だった。

父親はあまり家の仕事をせず、外で野菜や米などの売り買いをして小銭を稼いでいた。その金も家に入れず酒や遊びごとに消えてしまっていた。

恐ろしいでき事

ある日、外から帰ってきた父親が、二女のリヨが黒砂糖をなめているのを見つけて、「リヨ、そんな大事な物を勝手になめる奴があるか。こっちへ来い。その泥棒根性を叩き直してやる」

と、恐ろしい剣幕でリヨの襟首を摑《つか》み、棒で叩き始めた。母親が、「お父っさん、そんなにリヨを叩いたら怪我するがな。そんなこつしなんな」と止めても、「お前は引っ込んじょけ」と、母親を跳ね除けて叩いた。

リヨは悲鳴を上げて泣き叫んだが、それでもやめない。頭を叩かれた時、リヨは、ギャッと言って倒れた。そして痙攣《けいれん》を始め、口から泡を吹きだした。これには鬼のような父親もびっくりして、「早よ、医者に連れて行かんか。リヨがけ死ぬるが」と、さすがに慌てた様子であった。

母親は真っ青になって、リヨを背負い医者の所へ走った。キヨも母について走った。リヨの足を触ると冷たくなっている。「リヨ。リヨ」と呼んでも返事がない。死んだようにぐったりとしている。母は、「ハアハア」と言って、物も言わず、小走りで走っている。十五分も走っただろうか、目当ての医者の所についた。医者といっても医師の免許もない、田舎の治療師である。

「あたまをうって気を失っている。気付け薬を出すから飲ませて頭を冷やしてやれ。体のあちこちにも傷がいっぱいできているが、これも薬を塗ってやらにゃいかん、」

と言って、飲み薬と塗り薬の二種類を出してくれた。

リヨは、その夜から熱を出し二日も意識が戻らず死んだようにしていたが、ようやく意識が戻った時には、舌が回らず、ぼんやりとしていた。話ができなくなっていた。

キヨは、妹たちが何一つ甘いものを口にすることもなく、満足に食事もたべず、おなかを空かしているのを見て、可哀想に思えてならなかった。

栗拾い

「リヨ、山に行ってみようか。栗の実が落ちちょるかもしれんが」

と誘って、二人で出かけた。家の裏はすぐ森になっており、クヌギやナラ、シイ、タブ、クリなどの雑木がこんもりと生い茂り、豊かな自然が広がっている。森の入口はちょっとした崖になっていて登りにくい。

「キヨが引っ張ってやるから手を繋ぎな」と言って手を取ると、リヨは嬉しそうにキヨに縋《すが》り付いて坂を上ってきた。

坂を上がったところに広場があり、南向きに小さな祠があった。

「リヨ、これはうちの氏神様よ。拝んでいこう」と誘って、二人で小さい手を合わせて拝んだ。リヨが頭の上に何かを見つけて、「あ、あ、あ」と言う。

「何じゃろうかね、リヨ。高いところだからようわからんね。何か鳥のようにもあるけど。リヨ、あれはフクロウだよ。この前まで夜、ホウ、ホウ、コロット、コウズて、鳴いていたやつだよ。昼間は目が見えないので、ああしてじっとしているんだ。早く暖かい所に行かないと寒くなるのにね」

と言いながら、リヨの手を取りどんどんケモノ道のような細い道を林の中へ入って行った。細い道には野菊やオミナエシ、ススキなどの秋草や、上から落ちて来た枯れ枝が道を塞ぐようにしていた。それでも、なんとかクリの木を見つけてその下に行くと、木を囲むようにクリの実が落ちていた。

「あった、あった」と言えないリヨは、「あう、あう、あう」と小踊りしながら栗を拾い、持ってきた袋に入れた。いっぱいになると、家に持ち帰った。

「おっ母あ。クリをこんなにいっぱい拾ってきたから茹《ゆ》でて、みんなで食べようよ」と言って袋を渡した。

茹であがったくりを美味そうに食べているリヨや妹たちを見ていると、やっぱり腹いっぱいご飯も食べたいのだろうなと、可哀想に思った。家には一厘のお金も無かったので、何も買えなかった。

薪売り

明治二十六年十月、キヨは七歳になっていた。

キヨは、いい考えを思いついた。森に落ちている枯れ枝を拾い、町に持って行ったら売れるのではないだろうか。さっそく、翌日から森に行き、枯れ枝を集めて自分で持てるほどの大きさに縛り、家に持ち帰り明日の朝を待った。

夜が明けると小さな薪の束を抱くようにして佐土原の町を目指して出発した。道は母と何回か来ているので知っていた。子どもの足で一時間ばかりの道のりである。

野久尾からは山道である。怖いので野久尾では、野菜売りのおばさんの後について行った。しばらく行くと佐土原の町が見えてきた。

キヨは急に不安になってきた。売れるだろうか。子どもは駄目とか、帰れとか言われやしないだろうか。そう思うと心配になった。

山の上から見る佐土原の町は、島津支藩の城下町だけあって大小様々な家が並び、どこまでも広がり、金持ちが住んでいるように見える。ここまで来たんだ、帰るわけにはいかんと、坂を下り町に入った。そして、勇気を出して、

「たきもん（薪）は、要《い》んならんか。たけむんは要んならんか」

と大人の真似をして大きな声で叫んで歩いた。そしたら、自分くらいの子どもが出てきて、

「あんげなこめ子が、たきもん売りに来たが、ボロ着物を着ている。乞食の子んごたるが。オーイ、乞食の子が来たよ。たきもん売りに来たよ」

と大きな声で叫んだ。キヨは、恥ずかしくて、早くこの場を通りすぎようとしたら、綺麗な奥さんが出てきて、

「そこの女の子、あなた誰と来たの」と聞いたので、「一人できた」と答えると、「そう、えらいね。そのたきもん、二厘で買ってあげましょう」と言って一厘玉を二個くれた。

キヨは、たきもんがあっさりと売れたのが夢のようで、嬉しくて早く家に帰り、おっ母アにお金を見せたいと思った。そして今朝来た道を走るようにして、家に急いだ。途中、駄菓子屋の前で、リヨたちに土産を一つ買っていこうかと思ったが、お金が惜しくて買えなかった。家にはいると、

「おっ母あ、たきもんが二厘で売れたよ」

と言って二厘を見せた。子どもが物売りにと心配していた母も安心した様子で、

「そりゃよかったね。大事なお金だ。無くさないように直しておけよ」

「うん、おら毎日たきもんを売りに行き、金が貯まったら、リヨやフイノに、お菓子を買ってやるのだ。ね、明日も行っていいだろう」

キヨは大張り切りであった。早速、裏の森に行き今度は少し大きめの薪の輪をつくり持って帰った。

キヨは次の朝も夜が明けると家を出た。もう、恥ずかしいことなども忘れ、佐土原の町へと急いだ。

新しい仲間

薪の束が少し大きかったか重くて、途中、休み休みしていった。するとキヨより少し大きい女の子が二人、やってきた。背中に野菜を担いでいる。

「お前はたきもん売りか。家はどこ？　おれたちは年居の地区だ。名前はあいの。こちらはふじていうの」と声を掛けてくれた。

「おら江原地区のキヨていうの。仲良くしようね。野久尾の先からは山じゃかい、おじ（こわい）かい一緒に行っていい？」

と頼んで仲間になった。一キロメートルばかりの山道を無事抜けて町に出ることができた。

キヨはこれを機会に友達になり、同じ境遇の子同士で話も合い、朝は誘い合い、待ち合わせをして行くようになった。キヨは二人との思い出と名前を一生忘れることはなかった。

キヨは前日の所は避けて、祇園町の方へ行ってみた。町は人々が起きて家の周りの掃除や、今日のしごとの準備をしているところだった。

「たきもんは、いんならんか。たきもんは、いんならんか」と叫んで歩いた。

「まあこんな小さい子に金取りさせて、可哀想に」と見ている人ばかりだった。それでもキヨは、お金を得るために夢中で叫んで歩いた。

二十分も歩くと家の前におばあさんが立っていて、

「薪を待っていたのよ。五厘で売ってくれる？　こんなに大きな束を重かったろう」と

言いながら買ってくれた。

キヨは、思いもよらぬ大金を手にして、小躍りし、幸せな気持ちになった。帰りには、

リヨに一厘だけお菓子を買い家に急いだ。

それからは、せっせと薪を拾い売りに行く日がつづいた。また、あの二人に会うのが楽

しみでもあった。一厘、一厘と貯めたお金が、いつの間にか十五銭にもなっていた。

（参考）明治三十年ごろの値段

米一〇キロ　一円十二銭

日本酒一升　十四銭九厘

うどん・そば　二銭

キヨには、ほしいものもあったが使うのが惜しくて、どうしても使えなかった。

こうして金取りしているうちに、冬が来て、森のナラやカエデの類は葉を落とし、賑や

かに鳴きかわしていた鳥たちも、越冬地や山奥に行き、静かになっていった。

キヨは、どんなに寒くても、森に行き薪を拾い、商いをやめなかった。少しずつでもお

金が貯まるのがこの上もなく楽しくて、恥ずかしいとか、寒いとか、仕事がきついことも苦にならなかった。

夜明けの遅い冬は暗いうちに家を出ると、野久尾あたりで夜が明ける。周りの畑や家の屋根は、霜で真っ白である。雪のように積もった霜をかき集めて、霜の玉を作り投げ合ったり、水溜りに張った氷を足で、パリパリと割りながら壊す快感を楽しんだりしたものである。凍える指に息を吹きかけながら町へ着く日が多くなった。

小学校

日本政府は明治五年に教育の義務制度を制定した。六歳になったら小学校に入学し、勉強をしなければならなくなった。キヨの住んでいる那珂村にも明治七年、江原と下浦の二か所に小学校ができた。キヨは、八歳になっていたので、とうに就学年齢に達しているが、学校どころではない。

ある日、子どもたちに、お菓子をあげるから、小学校へ遊びに来るようにと知らせがあった。小学校は、キヨの家の直ぐ近くにあり、家で遊んでいたり、子守をしている子どもたちが、お菓子目当てに、わいわい言いながら朝早くから集まった。

小学校には児童が三十人ばかりいて、読み方とか、算術とかいう勉強をしていた。字を覚えたら、本を読んだり文章を書いたり、お金の計算ができるようになるそうだ。

「金持ちの子はいいなあ。字を覚えて偉い人や金持ちになれるんだから、おらも行きたい」。キヨは、羨ましくなった。

リヨが、あたりをきょろ、きょろと見まわし、お菓子が気になっているようだ。

ようやく授業が終わり、外に出ると、先生が、

「皆さん、今日はよく来てくれました。お勉強したい人は、いつでも入学できます。家の人と相談して入ってください。今日は学校に来てくれたご褒美にお菓子をあげます」と言って、箱から菓子袋を取り出し、一つずつくれた。

リヨも嬉しそうに中を覗き込んでいる。中には、せんべいや飴玉、丸い粟《あわ》のおこしが入っていた。それを、しっかりと抱くようにして家に持ち帰った。

しかし、キヨは、母に学校に行きたいとは言えなかった。

二、子守奉公に出る

「食い扶持」減らし

ある日のこと、父親がキヨを呼んで、「広瀬村の亀田に子守がほしいという人がいるが、お前行かんか。お前一人分の食い扶持が減ると助かるが。もうすぐ節季だ。正月が来たら行け」。

キヨは内心、いやでいやでたまらなかった。麦や粟、稗の入った雑炊でも、どんな粗末な食事でもいいから、家にいて家族と暮らし、町へたきもんを売りに行った方がどんなに楽しいかと思った。父の命令である。いやと言えば、ひどく怒られるに決まっている。何も言えず承知するしかなかった。キヨは奉公に出ることになった。

明治二十八年一月、八歳になったばかりであったキヨは、僅かな着替えを持って、父親に連れられ亀田というところへ向かった。

亀田は家から二キロメートルばかりの所で、江原のような高台ではなく、低地で田んぼや畑がひろがり、地区のそばを亀田川という小川が流れている。上流には新木とか津倉という集落があり、この川の水を生活用水として使っている家もあった。

家の主人は日高庄兵衛（三十）、奥さんをけさの（二十五）、子どもをふみ（生後三か月）といった。他に婆さんがいた。

父親は主人の庄兵衛さんとしばらく話をしていたが、「キヨ、子どもに怪我させせんごつ、真面目に働けよ」と言い残し、帰っていった。

他人の家

父が帰った後のさびしさといったら、野原に一人置き去りにされたような寂しさが襲ってきた。借りてきた猫のようにしていると奥さんが、

「今日は来たばかりだからゆっくりして、明日から子守を頼みますよ。うちはお米はたくさんあるから、ご飯は腹いっぱい食べてよ」といってくれた。

なんと食事には白い米のご飯が出てきた。それにめったに口にしたことのない魚や卵が添えてあった。

キヨは食事の後、奥さんから、お勝手や部屋の様子を聞き、自分の寝る部屋へ連れていかれた。

「キヨは、この部屋を使ったらいいよ。普段は物置にしているが、掃除をしておいたから大丈夫だよ。布団はここにあるからこれを使えよ」

自分の部屋が決まり、見まわすと、床は竹の簾を並べ、その上に筵《むしろ》が広げてあった。布団はと言えば綿がどこにあるのかわからぬような古いぼろぼろ物であった。

闇の中の怪物

親元を離れ、真っ暗な部屋に一人寝る心細さ、しばらく立ちすくんだ。闇は子どもにとって最大の魔物である。暗闇の向こうに怖いものがじっと、こちらを見ているようで、なかなか寝付けない。それでも、キヨはおいしいご飯を腹いっぱい食べたので、眠気に誘われ、うとうとしていた時、

「コトッ」

奥の方で音がした。キヨはドキッとして、いっぺんに目が覚めた。誰か部屋の奥にいるようだ。また、コト、コトッと音がした。キヨは、ぶるぶる震えながら、暗闇を見つめた。

空気がザワザワとしてきたと思ったら、キヨの足の方を軽く踏む者がいる。キヨは恐怖心がいっぺんに爆発して、

「キャア、オバケ、タスケテ、タスケテ……」と大きな声で叫んだ。

そしたら騒《ざわ》めいていた部屋を誰かが出ていく様子がして、静かになった。

キヨは、そこに突っ立って、ぶるぶると震えていた。

そこへ、庄兵衛さんが明かりを持ってきて、

「キヨ、どうした、どうした」と言って、明かりで照らしてキヨを見た。

「今、お化けが出てきて、おらの足を踏んだの。未だ奥の方にいる。怖くて、怖くて寝れません」

キヨはそう言ってまだ震えていた。

庄兵衛さんはしばらく間をおいてから、「ハハハハハ……」と大声で笑い出して、

「キヨ、それは鼠《ねずみ》だよ。暗くなると出て来て走り回るので、俺たちも困っているんだよ。すぐ慣れるから我慢しな」

そこへ奥さんが猫を連れて来て、

「この猫を繋いでおけば、鼠は出ないから。もう大丈夫だよ」

お化け騒動も落ち着いたが、キヨはショックで朝まで眠れなかった。

ふみの子守と水汲み

翌朝から、キヨは、ふみの子守をすることになった。奥さんが、

「キヨ、今日から、ふみの子守を頼みますね」と言って長帯を持ってきて、ふみをキヨの背中に括り付けてくれた。そして、「寒いから、あまり外に長くいないでよ。お昼には帰ってくるからね」といって、若夫婦は田圃《たんぼ》へ出掛けていった。

キヨは、家で妹たちの子守をしていたので、ふみのあやし方も上手で、すぐになれた。ふみは気持ちよさそうに、キヨの背中で眠っていた。

家の中や外を見て回っていると、小川がすぐ家の下を流れて、その向こうには田圃が続き、キヨの家のある江原がよく見えた。

「おっ母や、リヨたちはいま何をしているだろうな」

そう思うと、走って帰りたい気持ちが強くなってきた。そんなことを考えていると、隠居家からおばあさんが出てきて、「そこは寒いから、中に入りな」と言って自分の部屋に入れてくれた。

「キヨ、肩が痛くなったら、ここにふみを下ろして遊ばせたらいいよ。無理すんなよ。家の仕事はぼつぼつ覚えて、働いてもらえばいいからね。ふみの面倒をよく見て、泣かせんように、怪我させんように。オシメが濡れたらできるだけ早く取り換えるようにしてくれよ。それから、朝晩は、ふみも母ちゃんといるから、朝のうちに、ふみのオシメを洗い、夕方は川から水を汲み、飯水《はんず》と風呂桶に、水をいっぱい入れておいてくれ」

とキヨの仕事が言い渡された。その日からキヨは忙しくなった。下の川に行くと、飛べば渡れるような小川だが、きれいな水がいっぱいに流れている。岸には水汲みや洗濯のためにか、足場ができていた。

佐土原は南国といっても冬は霜や氷ができる。岸辺の氷を割っての洗濯も、手が真っ赤になり凍えてくる。朝飯前の仕事であった。飯が終わると、ふみの子守が始まる。

水汲みの仕事も八歳の子には重労働であった。大人用の木の桶に半分ぐらい水を入れて、引きずるようにして何回も運ばないと飯水には水がいっぱいにならない。田植えのころになると田圃の泥水が流れ込み濁り水となる。それに上流では野菜を洗ったり、馬や牛の体を洗い、肥桶までも洗う。それでも水をくまねばならないのがつらかった。

日が経つにつれ、キヨの仕事は多くなっていった。洗濯に加え、家の内外の掃除、食事の後のかたづけなど雑用が増えてきた。

「キヨ、竈《かまど》の残り火を消さんように上手く埋めておけよ。消えると、朝、火打石で火を起こさんといかん、遅くなるど」

と注意され、誰よりも早く起きて、竈に火を入れねばならなかった。

キヨは、奉公人のつらさをしみじみと感じた。

春が来ると小川も水を増し、昨年生まれの小鮒《こぶな》や鯉の群れが賑やかにおよぎ回り、メダカの群れは引きも切らず川上へと上っていく。

キヨは仕事の洗濯をやめ、元気に泳ぎ回る魚たちを追いかけたり、手で掬《すく》ったりして遊び、水面で踊るアメンボウやミズスマシのダンスに見入った。岸辺でシャボン玉を作っているカニの真似をして、自分も作ってみたりした。

急に草むらから飛び込んできたカエルを見て、ジャンプの稽古かと思っていると、続けて蛇が飛び込みカエルを追っ掛けてきた。今にも追いつきそうになり、「危ない」と思った瞬間、カエルは水中に潜ってしまった。蛇はそのまま泳いで行ってしまった。

キヨは、「カエルの勝ち」と手を叩いた。それをあやすかの如く、田圃ではカエルの大合唱が響いている。自分の仕事も忘れて、本来のこどもにかえって春の野を楽しんだ。

糸紡ぎ

ある日のこと、おばあちゃんが、キヨにたくさんの綿を見せ、「これで糸を作らんか。良くできたらお前の着もんを作ってやるよ」と言って、糸の紡ぎ方を丁寧に教えてくれた。ぼろぼろの着物しか持っていないキヨにとっては嬉しい話である。しかし、大人がするような糸紡ぎが子どもにできるかしらんと不安でもあった。

おばあちゃんは強引に糸の紡ぎ方を教えて、「着物一枚分の糸を紡いだらお前の晴れ着を作ってやるから頑張れよ」と言ってキヨに任せた。

きよは面白そうなので早速やってみたが、そんなに簡単にできるものではない。糸が太くなったり細くなったり、繋ぎで切れてしまったりで糸にならない。

「キヨ、左手が大事だよ。左手で綿を均等に出さないといい糸にならないのだよ」と言ってやって見せてくれた。おばあちゃんは綿を見てなくても左手で同じ量ずつ綿を送り出し、きれいな糸がどんどんできていく。まるで魔法の手のようである。

キヨは暇を見ては稽古し、少しずつ上達していった。キヨは、もともと働き者だったので、夜なべまでしてせっせと糸を紡いだ。あまり遅くなると、「キヨ、遅くまで起きていると、行灯《あんどん》の油が勿体《もったい》ない、止めて寝らんか」とおばあちゃんが声をかけた。

キヨが精を出したおかげで予定より早く糸ができ上がった。さっそく、おばちゃんは、その糸を染屋に出し、紺色に染め、織機（はた）で織り始めた。おばあちゃんの隠居家は途端に賑やかになり、「カラッ、トン。カラッ、トン、トン。カラッ、トン。カラッ、トン、トン」と気持ちの良い音が聞こえてくる。

キヨは、ふみを背負って、見ているのが楽しみで、毎日見ていた。

「おばあちゃん、この辺は亀田て言うけど本当に亀が川や田圃にいるの？」

キヨは、おばあちゃんには、なんでも話せた。

「昔は居たんだろうけど、わしは見たことはないね。鶴は千年、亀は万年というから何かいいことがあるかも知れないがね。そういえば、この辺は金持ちが多いね。亀田川もこのすぐ下で石崎川と一緒になって海に流れ込むのだよ」

キヨは続けて質問をした。

「この家には蛇がいるの？　おばあちゃん、この前、納屋の藁《わら》の上に長い蛇の脱け殻があったの見たけど」

「あれはね、家蛇（青大将）の奴だろう。家蛇は家の宝と言って大事にしているもんだよ。

こんな話があるよ」

おばあちゃんは機織《はたおり》の手をやめて、キヨの方を向いて話し始めた。

「あるところに貧乏人の小作人が居たそうな。秋になって米が採れたので、小作料として、米を叺《かます》に入れて地主どんの所に持って行ったそうな。

『ご苦労じゃったな。米は倉に移すから、空叺は明日取りに来てくれ』

というので小作人は、翌日叺を取りに行き、家に持ち帰ったそうな。ところが、夜のうちに叺の中に家蛇が忍び込んでいたそうな。それからは、小作人で貧乏人の家はどんどん栄え、長者どんの家はどんどん衰え、貧乏になっていったそうな」

おばあちゃんは話が終わると、また機織を始めた。

キヨは、亀や蛇も貧乏人に味方してくれる好《い》いやつかもしれぬと思った。

新しい着物

ふみも怪我もなく順調に大きくなった。秋頃には這い回るようになり、目が離せないけど、可愛い盛りである。キヨにも楽しい日々が過ぎた。

秋の稲刈りも済み、日高家には米俵の山が積まれた。キヨが、初めて見るお米の山である。こんなにたくさんの米があれば、いくらご飯を食べても食べきれないだろうと思った。そして、我が家の貧しい台所を思いだし、家の人たちは今、何をしているだろうかと案じた。キヨは、日高家に奉公に来てから一度も実家に帰っていない、懐かしさがこみ上げてきた。

おばあちゃんの声がした。

「お前の着物が、やっとできたが、着てみるか。節季にはこれを着て里帰りせにゃいかんよ」

キヨに着物を着せながら仕上がり具合を見ているようである。仕立て上がりの新鮮な匂いが、キヨの鼻に心地よい。初めて自分のために作ってもらった着物を着る喜びと、これを着て実家に帰る晴れ姿を思い浮かべ、キヨの胸はうれしさでいっぱいであった。

おばあちゃんは、「もうすぐ正月じゃかい、江原の両親や兄弟たちにも会えるがね。楽しみにして待てよ。一年間よう働いてくれた。また来年も来てくれよ」と頼んだ。

キヨは、指折り数えて正月の来るのを待った。

三、つづく不幸

里帰り

「おっ父《とう》、おっ母《かあ》、キヨが帰ってきたよ。皆に会いたくて、津倉ん前を走ってきた。おら、おっ父のいうことを聞いて真面目に働いたよ。子守もしっかりとやったので、来年もまた来てくれて言われたよ」

「キヨ、一年間ご苦労じゃった。よく辛抱したな。ゆっくり休めよ」

と父はキヨをじろじろ見ながら、優しくいってくれた。母も、

「キヨ、病気なんかせんかったか。亀田ん人は、お前を大事にしてくれたか。おっ母はそればっかり心配していたが、元気で良かった。餅ができているから食えよ」

母は優しく言った。リヨも、三女のフイノも、嬉しくて、かた時もキヨの所を離れようとしない。前田家も久しぶりに楽しい雰囲気が漂ったかにみえた。

父の激しい怒り

「その着もんは、どうしたつか?」

父は鋭い目つきで、キヨの着物を見ている。

「これは俺が糸を紡いで、亀田のばあちゃんが織ってくれたつよ」

「何よ、それ。蚊帳の目のように粗いが。じゃねえか、下着の色がみんな透けて見えるじゃねえか。一年も働いて、こんな薄い着物一枚とは情けない。キヨ、来年はもう行くな。暇もらって帰って来い」

父の顔は激しい怒りの表情に変わっていた。

予想もしない父の怒りで、キヨはまた家で暮らすことになった。久しぶりに家族と暮らし、しみじみと自由の身の幸せを感じた。奉公先では、いくら優しい人たちと言っても、わがままなことは許されないし、主人の言いつけのまま動かねばならぬ。未だ両親に甘えたい年齢というのに、キヨは人生の厳しさを身をもって感じた一年であった。

久しぶりの正月休みにキヨは妹たちと思い切り遊び回った。リヨは少し舌が回るようになり、アネ、アネ、と言ってついて回った。その下のフイノを遊ばせながら、村の鎮守の五郎神社や、側の小学校にも行ってみた。初参りする人々は、子どもにも綺麗な着物を着せて、自分も着飾り別人のようにして来ていた。

「キヨたちも、あんな綺麗な着物を着てみたいな」と思いながら見ているばかりだった。

キヨは亀田から帰ってからは、母の手伝いを進んでやるようになった。暇をみては佐土原の町へ薪売りにも行った。あいのとふじともまた出会い、三人連れ立って行く日が続いた。商売にも慣れて帰りには五厘、一銭と握って帰る日も多くなった。キヨは、時々お金を数えてみて、少しずつ増えてくるのを楽しんだ。数えると七十二銭になっていた。

父の借金

「キヨ、お前は銭を持ってるだろうが、俺に貸さんか。薪を売りに行った金があるはずじゃが。どれ、持ってこんか」

キヨが苦労して貯めた大事な大事な金を、父でも簡単には貸すわけにはいかない。キヨが、ぐずぐずしていると、

「早よ持ってこんか。子どもは銭どま持たんでいい」と矢の催促である。

キヨは、怖い父のことだ、持ってこないわけにはいかない。しぶしぶ持ってきて渡すと、

「これは重い、よく貯めたな」

と言って、それを持ち、どこかへ出かけていった。

父はこの金を、返すことはなかった。これは、キヨが生涯、忘れることのできない悲しいでき事であった。

再奉公

十歳の時、同じ江原地区の高山家に奉公した。そこには武夫という一歳の男の子がいた。もうよちよちと歩き始めていた。母親のまささんは、一人息子の武夫が可愛くてたまらない様子で、キヨにもきつく言いつけて子守させた。

「武夫から目を離すな。一人遊びをさせるな。危ない所には連れていくな」と言った。

高山家は、キヨの家と横並びに五軒ばかり離れた所にあり、坂の多い場所であった。下の水田地帯で稲を作り、できた稲を馬で運び上げねばならない不便な所である。

キヨは、武夫が外を歩きたがるので、背中に帯を付け、それをしっかりと握ってついてまわった。武夫を母親が見ている時は、キヨも下の田圃で田の草取りや、草刈り、野菜運びなどの仕事を手伝った。

兄の死

夏の暑い日、前田から寅蔵（長男）が死んだので急いで帰ってこいと知らせがあり、帰ってみると、父が寅蔵のそばに座って、大きな声をあげて泣いているではないか。

キヨは意外であった。あの鬼のような父がこのように大泣きするとは想像もできなかった。

寅蔵はおとなしい兄だった。いつも母の仕事を手伝って家業を助けていた。だが、体が弱かった。まだ十二歳だった。

家族だけの通夜をすませ、前田家の墓に連れて行って埋めた。

兄がいなくなった前田家は働き手が足りず、キヨは家で母の手伝いをすることになった。

さらなる不幸

三女のフイノは七歳になり、おてんば娘に成長していた。虫を捕まえたり、猫を追い回したり、木に登ったりして、男の子のように気の強い子であった。

ある日、木に登ろうとして、手に持った木の枝が折れ、下に落ちてしまった。運の悪いことに、下に竹の切り株があり、その上に尻もちをついたのでたまらない。フイノのお尻に突き刺さった。

近くの医者に連れていくと、そのまま傷口を縫ってしまった。フイノの傷は、日ごとに赤く腫れあがり、痛みがひどくなり、フイノは泣き叫んだ。

広瀬村の福島に良い医者がいるそうだからといって、父はフイノを背負い、久峰の峠を越えて行った。そこではすぐ手術となり、膿を出して、中を洗った。ところが、中から竹くずなどが、どんどん出てきた。

「腫れが引くまで毎日傷を消毒せんといかんから、入院しなさい」といわれ、

「キヨ、お前残って、フイノの世話をしろ」と父から言いつけられた。

キヨは、子どもながら、フイノの看病、賄《まかな》いから雑用まで一切世話をすることになった。

だが、まだ子ども、病人をおいて遊びに行くこともあった。

「フイノ、そこの一ツ瀬川に新しい橋が架かり、今日はそのお祝いの開通式があるそうだ。姉が、せんぐ（祝いの餅）を拾ってくるから、おとなしく待ってろよ」と言い聞かせて、遊びに行き賑やかな開通式を見たこともあった。

フイノの傷も一週間ほどで癒え、退院することができた。

キヨは子どもながら、大人のするような仕事を任され、よくやった。

前田家では次々と男の子が生まれた。奥右衛門が明治二十九年に、進が明治三十二年に誕生した。キヨは十四歳になり、死んだ兄に代わって、家事や畑仕事をして母を助けた。

四、悲喜こもごもの下女奉公

米二俵の年季奉公

明治三十四年一月、住吉村の極楽寺という所にある農家から、米二俵出すから来てくれないかと声がかかり、米二俵もくれるなら家の台所も助かるとの父の命令。今度は下女として働くようになった。

主人が磯爺、婆さんがトメ、息子が藤次郎、嫁がオクミの四人家族で、田圃を広く作っている家だった。

朝は馬にやる草刈りから始まり、台所の手伝い、洗濯、昼は野良仕事を日が暮れるまでやり、夜は米ふみと、一日中休む暇もなく働かされた。

米ふみは、毎日の仕事で、遅い夕食が終わってから始めるので、終わるのは夜の十一時ごろになる。キヨは大人と違って体重がまだ無いので、よほど力を入れて踏まないと搗《つ》き棒が上がらない。大人の二倍もの労力がいった。

それを、五升ばかり、二時間もふむのである。あまりに遅くなるときは、婆さんが、「キヨ、未だ米は剥《は》げんか。早よ上がって来んか」と、隠居屋から声をかけた。

終わって、手足を洗い、せんべい布団にくるまって寝るのが日課であった。

かしき採り

冬が去り、春が巡りくると野良仕事も楽しい。野山は緑に包まれ、ホトトギスや鶯《うぐいす》などが鳴きかわし、頭上ではヒバリが囀《さえず》り、まことに長閑《のどか》である。

「キヨ、今日は垂水野で、かしき刈りをするから、お前は運んでくれ」

「はい、旦那さん。かしきて何ですか」

「かしきは、若い草や木の芽を刈り取って、馬に食わせたり、馬小屋に投げ込んで馬に踏ませたりするのじゃ。それを堆肥小屋に積み上げておいて肥料を作るのじゃ。お前は運び役じゃ」

極楽寺の家並を抜けると迫といわれる長い湿地や田んぼが続き、その先に仕事場はあった。若々しい草木が争うように天を指して伸びていた。

垂水野には若い夫婦の藤次郎さんとオタミさんが、草刈りをして待っていた。その草を馬に括り付けて運ぶのである。藤次郎さんが、

「キヨ、できたぞ。馬を引いて家まで行け。この馬はおとなしいから、何もせんが」

と言って送り出してくれた。キヨは馬が自分より高いので踏みつけたり、後ろからガブリと咬みゃせんかと、ヒヤヒヤしながらだったが、家に着いてほっとした。

家に着くと爺さんと婆さんが待っていて、

「キヨ、なんも危ないことはなかったか。迫が長いからね。あそこはマムシが出るからね、気をつけんといかんど。今、草を下ろしてやるかい待てよ」

そう言って二人で馬から草を下ろしてくれた。

「キヨ、馬の鞍が空になった。草刈り場まで上に乗って行け。これから何回も往復せにゃならんかい、これが楽だよ」

と言って、爺さんがキヨを鞍の上に乗せてくれた。

「決して手綱を離すなよ。行く方の綱を引けばそっちの方向へ行くからね。でも、もう馬が道を知っちょるかい乗ってるだけでいいよ」

利口な馬で、キヨは乗ってるだけで草刈り場に向かっていく。殿様のような気分で周り

の景色を眺めたり、頭上の若葉に触ってみたり、何か楽しい気分になって馬に揺られていった。

三十分ばかりで草刈り場に着くと、たくさんの草を刈り取って、藤次郎さんたちが待っていた。早速、二人が草の束を馬に括《くく》り付けてくれた。「キヨ、できた、行け」の声で家に向かう。こうして一日に五、六回も運ぶ仕事である。

ある日の午後のこと、キヨが馬に乗って行く途中、同じ草運びをしている村の男たちが馬に乗って、キヨの馬に近付き、

「キヨ、うちの馬は今サカリが来ているかい、お前の馬に乗っかるぞ。ホラ、ホラ寄って来たぞ」

馬の鼻息がキヨの耳元で、フウ・フウと聞こえる。キヨは咄嗟に危険を感じ「わあ、あ、危ない」と悲鳴を上げて、鞍の上から田圃めがけて、ヒラリと飛び降りた。男たちは、ハハハ……と大笑いしながら通り過ぎていった。キヨは、悔しさに、

「もーう。意地悪な男たち、磯爺さんに言いつけて怒ってもらうから」

そういうキヨの周りには、少しずつ、男を誘う色香が漂い始めていた。

ある日、村回りの物売りがきて、薬や化粧道具、古着、台所用品などを、地区の入り口

に並べているのを見た。キヨは櫛と荒れ止めの薬、仕事着が欲しかった。それで、磯爺さんに頼み、少しお金を借りて買い求めた。

こうしてキヨは自分の身の回りにも気をつけるようになり、成長していった。

火箸を振り上げる父

キヨは激しい労働に耐えながら、ひたすら働いた。一年がたち、磯爺一家に暇乞いして懐かしい江原へと帰った。

おっ母《かあ》が、やさしく笑顔で迎えてくれた。妹たちも駆け寄ってきてキヨに抱きつき、「アネ、アネ」と言って体にすがりついた。

キヨは父に挨拶して、奉公の米二俵分から少しお金を借りたことを話した。囲炉裏端にすわっていた父が、急に顔色を変えて、

「今なんて言った。もういっぺん言ってみろ」

「お米二俵分から少しお金を借りたが、すみません」

すると父は、キヨの所に寄ってきて、手にした火箸を振り上げて、

「お前は何で、そんな勝手な真似をするんだ」

と大きな声で怒鳴り、地団太を踏んでいる。キヨは今にも火箸で打たれると観念した。父親は火箸でキヨの座っている畳を、パン、パンと何回も何回も叩いて怒った。いつ頭を打たれるかと目を瞑《つむ》って体を硬直させた。だが父は、フイノの事故のことを思いだしてか、どこも打たなかった。

「何に遣ったか言ってみろ」

「髪をとかすのに櫛が欲しかったから櫛を一つと、ヒビやアカギレの薬、仕事着に古着を一枚買った」

「誰がそんなもん買っていいといった。もう、二表の米は半端になったが。家の者は食わんでもいいのか」

父はかんかんに怒り、ぶつぶつ言いながら囲炉裏の灰をかきまわしていた。

キヨは他人の家に奉公に出され、身を粉にして働いても、優しい言葉もかけてくれず、怒ってばかりいる父をうとましく思った。

薪売り

年季明けの楽しい里帰りも、キヨは泣くしか気の晴らす場はなかった。

それでも、三が日が終わると裏山へ行き、薪拾いを始めた。小さな広場には氏神様が前と変わらず静かに座っていらした。キヨが手を合わせて拝むと、

「キヨお帰り。お父はひどい人だ。子どもを働きに出し、何もかも取り上げて叱るばかりでつらいね。だが、俺たちがお前を守ってやるから、元気で働けよ」

と言っているような気がした。

キヨは林の中に入り、いつものより多くの薪を拾った。それを二つに分けて縛り、棒の両端にしっかりと括り付け荷物を作り、それを担いで佐土原の町へ行った。

町は正月を祝う松飾りや、初荷や初売りの旗や張り紙で正月気分に満ちていた。薪は八日町の料亭で高く買ってくれた。

キヨは一銭の金を懐にし、気晴らしに町を見て回ることにした。

佐土原の町見物

佐土原は明治に入って商人の町となった所であった。

八日町から西の方へ行くと五日町で役場や銀行、佐土原駐在所を中心に、飲食店とか、小さな商店が集まっている。その角を右に曲がり北の方に向かうと、ぎっしりと店が並ん

でいる。タバコ、傘、豆腐、日用品、米、材木、大工、飲食店、ヨーカン、佐土原小学校、文房具、人力車、馬車などの店が続いている。キヨは左右を見回しながら今度は、薪をこの辺に持って来ようと考えた。

三丁目の角を右に曲がり、舞鶴座、祇園社の方へ行ってみた。この辺は華街である。検番やたくさんの料亭が集まり、芸者衆を置き、三味線や太鼓、おどりなど芸を身に付けさせ、宴会や個人の酒席に出て、芸を披露したり、酒のお酌をしたりして、客を楽しませる仕事をしている。

娯楽の少ないこの時代は、金持ちや若者たちの遊び場として、近在近郷からたくさんやって来て賑わいをみせた。

佐土原は、島津三万石の城下町で主に武士が住んでいたが廃藩置県後、主従共に広瀬村のほうへ移ってしまい、佐土原は商人の町へと変わってしまった。そして庶民の生活の場として発展してきた。旧藩内十か町村を中心として生産物の集約地となり、また、農村の生活必需品調達の場ともなり、商業の町へと変わった。

佐土原では、祭りが一年を通じてあり、年々盛大になっていった。祇園祭り、御釈迦様、愛宕祭り、鬼子母神祭りと行われた。工夫を凝らした出し物いっぱいの祭りには、溢れんばかりの人々が集まった。

こうして、商売や祭りを通じて町人と農民は結ばれ、佐土原の町はいやが上にも発展していった。

キヨの土産

キヨは鯨羊羹《くじらようかん》を買って帰ることにした。これは佐土原名物で、ヨーカンというより餅である。上を餡で黒く、下を米ノ粉で白くし、クジラのように見せ、蒸して作る。珍しく、おいしくて人気のヨーカンである。

キヨは一銭全部をはたいて、ヨーカンを二包み買った。「今日は妹たちに正月のご馳走だ」と、ひとり呟いて胸を躍らせた。

家に着くと、「みんな集まれ、お土産だよ」と大きな声で叫んだ。待っていたかのように、みんな集まった。

「今日はみんなに正月のご馳走に鯨羊羹を買ってきたよ。ほーら、これがクジラ羊羹だよ。みんな、どっさり食えよ」

と言いながら、みんなに握らせると、「うまい、うまい」と言って食べる。お母も、キヨも一緒になって食べていると、お父もやってきて、「ほほう、キヨの土産か。一つ食わせてみろ」と手を出す。

キヨはこの一家だんらんのひと時を見て自分の苦労が報いられているような気がして嬉しかった。

仙吉叔父の馬

母が弟の進を遊ばせてくれというので、連れて外に出てみた。進もよちよち歩くようになり、キヨの後をついてきた。

「進、下に行ってみようか。もうレンゲの花が咲いているかも知れんど」

独り言を言いながら、進を背負い坂を下りた。田んぼには麦の緑が元気に伸びていた。畦道を見ると、日当たりのよい所にはレンゲが生えていて二、三輪の花を咲かせていた。もう、春が来ている。

さすがに江原、津倉、新木の前の水田は広い。その向こうに亀田の家が小さく見える。ふみは、どうしているかな。大きくなっただろうなと、最初の奉公だけに忘れられない。しばし思いにふけっていると、急に、

「キヨ、帰っていたか」

と声をかけるものがいる。

「あら、仙吉叔父貴、馬の運動をしよんなっとか」

「これはね、新夫婦が鵜戸さん参りの時に、帰り道、疲れた嫁さんを乗せる馬を育てているのじゃ。ただ歩くのじゃ面白くないから、馬に腰の振り方を教えておいて、馬に鈴を着けて歩かせると『シャンシャン』といい音がする仕掛けじゃ。ほら、見ちょけ。ハイ・ドウ・ドウ。俺が馬の前で腰をペコペコさせて、ハイ・ハイと言って手綱をピッと引き、またやって見せると馬も真似するようになるのじゃ。キヨ、お前が嫁女にいく時にゃ、この馬に乗せて鵜戸さん参りに連れていくよ」

「おら、嫁女にゃ行けんと。一生奉公せにゃいかんと」

キヨの表情はやや寂しげであった。

極楽寺へ再奉公へ

明治三十六年になった。極楽寺では、キヨの働きぶりが良いといって、申し込みがあちこちからあり、一番多く費用を出すという吉原どん（殿）に行くことになった。米四俵という男並みの費用取りである。

吉原家というのは極楽寺でも一、二を争う金持ちで、三町歩近い田畑を耕していた。使用人も下男二人、下女一人、馬が三匹という豪華さで、主人は金蔵、奥さんはハル、息子が一人で徳之助、未だ結婚前の若者、働き手が六人も揃っていた。

キヨは朝晩台所を手伝い、野良仕事や、野菜の出荷をさせられた。朝、暗いうちに草刈りに出かけ、朝日が出る頃戻ってきて馬の世話をした。

朝飯は立ったまま、麦飯に冷汁をかけてざぶざぶと流し込み、その日の仕事に就く毎日である。

冬は麦踏み、菜種の植え付け、白菜・大根の収穫や切干大根の製造、山入り（一年分の薪を切って家に蓄える）など、規模が大きいのでやってもやっても暇なことがない。

それに大変なのが、野菜の出荷である。荷車に白菜や大根を山と積み、暗いうちに極楽寺を出て約三里の道を宮崎の街まで運び、それから売り歩くのである。家に帰り着くのは何時も昼過ぎになる。唯一の楽しみは、大盛うどん屋で一ぱいのうどんを食うことである。

今日は宮崎、明日は佐土原と毎日のように過酷な仕事が続く。午後は野良仕事と、一時も休む間もなく働かされた。手の空いているときは、糸紡ぎ、機織までさせられた。当時、糸や布は輸入品はすくなく、綿から作り、それを収穫して、家で必要なほど糸や布を作っていた。

キヨは子どもながらそんなことまでできるので大変調法がられた。しかし、それだけキヨの仕事は忙しくなり、こま鼠のように動き働いた。

「若いときの苦労は、買ってでもしろ」というから、キヨはここで勤労心と忍耐力を更に身に付けていった。

磯爺の所では堆肥を作るのに、野に行き、草木を切って肥料を作ったが、吉原家では池に行った。原《はる》の前に大きな溜め池があり、そこには藻草のヒシが密生している。これをかぎ棒で引き寄せ上にあげ、家に持ち帰って馬糞と混ぜて積み上げて肥料を作るのである。篤農家というのは平凡ではないと思った。

吉原家のご主人の世間話

吉原家の主人金蔵さんは、家族の絆を大切にする人で、夕食は必ず家族も使用人も一緒に食べた。主人は畳で脚付膳、家族は板の間で平膳、使用人は土間で食事をとった。金持ちの格式は厳然としていた。

キヨが、子ども心に印象的だったのは、主人が箸を持ち、御膳の上にポンと立て音をたて、それを合図に、みんなが箸をとることだった。

食事が終わると、主人はよく世間話をして聞かせた。

「明治二十七年に日本は清国と朝鮮半島を巡り戦争を始めた。そして平壌を攻め落として、日本の勝利となったんだよ。その時、
・賠償金二億両《テール》（約三億円）
・遼東半島、台湾、膨湖島を日本の領土にする
・清は朝鮮から手を引く
などが決まり、日本国中は、勝利の喜びに沸いたんだよ。この住吉村でも何人か勲章を貰って帰ってきた。戦死者も出た。おかげで、世の中が少し景気が良くなって来たんだ」

金蔵旦那の話は食事が終わっても続くことも度々だった。

キヨは、この年も無事に勤め上げ、引き続き、翌年も吉村家に奉公することになった。勝手知ったる吉村家の農作業、一段と精を出して喜ばれた。

五、米良街道での恐怖体験

和紙の里杉安へ

この年も暮れの師走の時、隣の岡本家の女将さんがやって来て、

「キヨを一日貸してくれ。穂北まで大事な荷物を運ばねばならぬ用ができた」と、たのみにきた。岡本家は、和紙の原料になる梶の木を買い集めて皮を採って、紙漉き屋に収める仕事をしていた。

「家も人手が足りないときは、加勢に来てもろているかい、お互い様じゃ。どうぞ使てくだいな」

金蔵さんに話をつけた岡本のおばさんは、キヨを呼んで、「明日は穂北まで頼みます。五時には出発するので、用意しといてね」と言って帰って行った。

五時に、岡本さんの家に行くと、もう、二つ荷物ができていて、長くて大きいのを岡本

さん、丸くて少し小さめのをキヨが背中に背負い出発した。

朝五時は、まだ暗い。冷たい風が吹き寒い朝である。歩くごとに霜柱がサクサクと音をたてる。浮橋まで出ると道が広くなり、砂利が敷いてあり、歩きやすくなる。宮崎から妻に通じる唯一の道路である。

「杉安までは三里と少しあるから遅くとも十時には着くだろう。キヨ頑張って歩いてくれよな」と岡本さんが話しかけた。

「歩くのは慣れているから大丈夫ですよ。ところで、背中の荷物は何ですか」

「これは、今年取れた梶の見本だよ。見せて値段を相談するのじゃ。高く買ってもらうように御土産に米を持ってきた。お前の背中のが米だよ。これはお礼だよ」

和紙づくり

「キヨ、和紙の作り方は、そりゃ手がかかるもんじゃよ。この梶の皮を一ツ瀬川の水に漬けて置き、外皮の黒いところを取り、白くなった皮を木灰を入れた釜で煮て、繊維を柔らかくして、また水に漬けて晒《さら》す。上げて根気よく叩いてどろどろにし、水にトロトロとかしてよく混ぜ、目の細かい網のマスですくいとる。すると、のり状の梶の繊維がマスの中に残る。これを乾かすと紙になる。日本独特の作り方だから和紙というのじゃ」

岡本さんと話をしながら歩いていると、いつの間にか、那珂村、佐土原も過ぎて妻の近くにさしかかっていた。背中の荷物がズッシリと肩に食い込んで重くなってきた。キヨがしきりと荷物をずり上げていると、「疲れたね、少し休もうか」と言って岡本さんは自分の荷物を道端の草の上に下ろした。

キヨも荷物を下ろしたが、肩が抜けるようにスーッとした。もう、あたりはすっかり夜が明けてあちこちの家から煙が立ち上っている。今朝はどんよりと曇って寒い朝である。

「ね、キヨ、この辺は一ツ瀬川の流域で米もよく採れるだろうね。昔は採れた米も半分以上も殿さまに年貢米として取られたのだから、百姓もつらかったよね。杉安の和紙も殆《ほとん》ど年貢として納めていたのだろうな」

きよが岡本さんとお喋りしていると、どこからとなくこんな歌が聞こえてきた。

おどま盆ぎり盆ぎり
盆から先きゃおらんど
盆が早よ来りゃ早よ戻る

おどまかんじん（乞食）かんじん
あん人達ちゃよかし
よか者よか帯よか着物（もん）

おどんがけ死んだら
道端埋けろ
通る人ごち花上げる

花は何の花
ツンツン椿
水は天から貰い水

「岡本さん、こん歌はキヨのことを唄うているみたい」

「どこにもキヨみたいに苦労している娘がいるんだね。ホラ、あそこのお宮の所で、朝から子守しているお姉ちゃんが歌っているのだよ。何か悲しそうな歌だね。もうちょっと聞いてみようよ」

おどんがけ死んだち
だれが泣いてくりゅうか
裏の松山セミが鳴く

セミじゃござんせん
妹でござる
妹泣くなよ気にかかる

おどみゃ馬鹿ん馬鹿ん
馬鹿ん人（と）の馬鹿子
宜しゅう頼み上げんすよか人よ

熊本の五木や米良の山、佐土原の農村の貧乏人の子どもたちは子守に出され、わが身の不遇を自問自答しながら節をつけて唄い、子守をしたものだろう。キヨは同情しながらも、他人事とは思えなかった（この歌は、昭和になってからラジオやテレビに乗って日本全国に広がっていった）。

「大分休んだ。もう、ひと頑張りだ、行こう」

岡本さんの声でキヨは我に返った。

妻の町を過ぎて杉安に着いたのは十時少し前頃だった。岡本さんは早速二、三軒の紙屋さんを回って話をしていたが、話がついたと見えてキヨの所に帰って来た。

「おかげで相談がうまくいったよ。これで大事な用事が終わった。すこし早いが飯にしようか。朝が早かったから腹がへっただろう」

持ってきた握り飯を一包、キヨにくれた。キヨも、ホッとした気持ちで握り飯を頬張った。食べながら岡本さんが言った。

「ここの米良街道を上っていくと、途中に児原《こばる》稲荷神社という社があり、人の願い事を何でも聞いてくださるという、神様がおられるのじゃが、今日はまだ昼前で早いし、折角ここまで来たのだから、お詣りして帰ろうか」

と話しかけられた。キヨは、これを聞いて嬉しかった。というのは、貧乏な生活から一日も早く抜け出したい。これが一番先に頭に浮かんできた。

「岡本さん、ぜひ連れて行ってください」

キヨは飛びつくような気持ちで頼んだ。

二人は疲れもいとわず出発した。この先、どんな恐ろしいことが待っているか知る由もなかった。

街道を彷徨う二人

二人が杉安の和紙の里を出たのが、確かに昼前だが、時計がないから、よくはわからない。児原稲荷を目ざして元気に歩き出した。道はあまり広くはないが、何百年も昔から使われている道であるらしい。この道を上り詰めると村所という所に出る。そこの峠を越えて西に進むと熊本県の湯前町である。岡本さんが話しかけてきた。

「児原稲荷さんにはね、六柱の神様が祭ってあり、夫々に、願い事を聞いてくださるのじゃ。お前の願いも聞いてくださるぞ。キヨ、児原さんはすぐこの先だから、明るいうちには、お詣りして家に帰れるだろうが、冷たい風が吹き出し、雲行きが怪しい。心配だから、少し急いで行こう」

二人は児原稲荷さんの鳥居を目当てに黙々と歩いたが、行けども行けどもそれらしいお宮は見つからない。もう三時間は歩いたろう。

「岡本さん、大丈夫ですかね。もうだいぶ歩いたけど」

「わしも、さっきからおかしい、おかしいと思っていたところだよ。道を間違えたかね。向こうから下ってくる人に聞いてみよう。もしもし、ちょっと道を尋ねますが、私ども、児原稲荷さんに詣りに来たものですが、社はこのへんではなかったですかね」

「あんたたち、とんでもない。児原稲荷さんは、ずーっと下ん方でやすが、この道を下って行くと右側に児原稲荷神社入口て、案内が出ちょるかい、よく気をつけて行きない。これからだと夕方じゃ、峠は雪のごたるかい気をつけないよ」

児原稲荷様

二人は大変なことになったと気が付いたが後の祭り、引き返すしか仕方がない。下り坂を走るようにして急いだ。一時間ほど行くと右側に分かれ道があった。

「おばさん、ここだ」

キヨがいち早く見つけ知らせた。良く見ると、柱が立っていて何か字が書いてある。岡本さんがよく見て、

「越野尾・児原稲荷神社入口と書いてあるわい」

二人は迷わず進んでいくと赤い鳥居が見えてきた。鳥居をくぐり石段を少し上ると赤塗りの拝殿があった。

「キヨ、一日がかりで探したお稲荷さんだ。きっとご利益《りやく》が大きいよ。一厘銭を上げるから、お賽銭を上げ、しっかりお詣りしておきな」

キヨは岡本さんにいただいた一厘銭をお賽銭箱に投げ入れると、

「お稲荷様、キヨの家は貧乏して、乞食のような暮らしをしています。どうかこの貧乏から解放されて、普通の暮らしができるようにしてください」

キヨは何度も何度も同じことを言ってお願いした。お詣りするとキヨの心は霧が晴れるような気がした。

児原稲荷神社の大祭は十二月初めだから、もう半月も前に終わり、人影もなくシーンとしていて一層神々しく思えた。

「キヨ、このお社の奥には大きな池が在り、そこには大蛇が棲んでおり、奥に行った人

は帰ってこないと、みんなが言ってるよ」

それを聞いたキヨはぞーっとして身震いをした。もはや黄昏《たそがれ》時、厚い雲の上の太陽は市房山を越えて西に傾いている頃である。二人は家路を急いだ。

キヨ大蛇に襲われる

二人が米良街道に出たときは薄暗くなり、その上、身を刺すような冷たい風である。

「キヨ、えらいことになったね。これじゃ夜道になるが、気をつけて行こうね」

一時間も行かないうちに、周りはすっかり暗くなってしまった。雲さえなければ星明りはあるのに、今夜は全くの漆黒の闇である。二人はしっかりと手を繋ぎ足探りで少しずつ前に進んだ。この時間、米良の深山を通る人とて一人もいやしない。キヨは日帰りのつもりで来ているから薄着である、体が冷え切り足も手も感覚がなくなってきた。二人は、もう、道か林か、河原か、わからぬところを彷徨《さまよ》っていた。

「危ない」

岡本さんが叫んだ。二人は川の淵の上に立っていたのである。

「キヨ、これ以上歩くのは危ないから、岩陰を見付けて夜明けを待とう」

二人は少し後ろへさがって、風を避けるところを見付け座りこんだ。それでも、冷たい風が容赦なく吹きつけた。

「おばさん、体が冷たくなり自分の体か人の体かわからなくなった。震えが止まらないが、おら死ぬかも知れん。未だ死にたくない岡本さん」

「キヨ眠っちゃいかんど、眠ると、そのまま死ぬことがあるげなかい。今夜は寝ないで、体を動かしたり、足や手をこすったりしておらんといかんど。………そうじゃ、キヨ裸になれ」

「えー、おばさん、いや、裸になったら凍え死ぬがな」

「死にたくなかったら早く脱げ」

岡本さんは真剣である。キヨは訳も分からず真裸になった。岡本さんは素早く、見本に預って来た障子紙をキヨの体にぐるぐると巻き付けた。その上にキヨの襦袢と袷を着せた。そして、自分の綿入れの羽織をかけた。

「キヨ、これで大丈夫だよ」

二人は抱き合って冷たい風をしのいだ。しばらくすると、キヨの体が、ポッと温かくなり、震えも止まった。岡本さんの温もりが伝わって来て、キヨは落ち着いた。

キヨは、今日のいろいろなことを思い出しているうちに、また恐ろしいことが頭に浮かび身震いをした。

大蛇の襲来

この前に聞いた岡本さんの大蛇の話である。その大蛇は何百年か池に棲み、夜な夜な山や川に出て、エサを探していることだろう。今夜も、匂いを嗅いで、キヨの所へやってくるのではなかろうかと、心配になってきた。

身を切るような風はますます強くなり、峠の峰々がゴウゴウと、うなりをたて風が吹き渡っている。きっと大蛇は山を越え、谷を渡り、川を泳いで、ここにもやって来るに違いない。

キヨがそう思っていると周りが騒《ざわ》めいてきた。瀬の音がザーザー、ザブザブ。何かが泳いでいる音がする。しばらくすると、岸の笹をザワザワと押し分けて、大蛇がこちらへ来ているような音だ。今度こそ本物だと、体に力が入る。

キヨは亀田川で、蛇がカエルを呑むのを見たことがあったが、蛇はカエルを足の方から呑む、呑まれる時、カエルは、最後の声を振り絞ってグエー、グエーと悲しい声で鳴き続ける。俺も、大蛇に呑み込まれるときは、泣き叫び、お母《かあ》の名を何回呼べるだろうか。

そんなことを考えていると今にも起こるような気がしてきて、岡本さんにしがみ付き、

「池の大蛇がやって来てキヨを呑む。どうしよう。おばさん助けて」

「そんなことはないから安心しな。キヨ」

それでも安心できない。そうだ、人の願い事を何でも聞いてくださるという児原稲荷様にお願いをしよう。

「大蛇からキヨを守ってください。今夜は池から出さないでください。川をおよがせないでください。お願いいたします」と一心にお祈りをつづけた。

願いの甲斐あってか、大惨事は起こらず、キヨは安堵の胸をなでおろした。

神への畏敬の念

たしかに、九州の屋根といわれる広大な山地は天地開闢《かいびゃく》以来、神々が降り立ち住み、雲を呼び、雨を降らせ、山の造形をなし、草木を育て、今の美しい山を造ってきた。この力は神業としか思えない。

キヨは、大蛇はこの神の化身で姿は見えないが、この広大な米良の山地を見回り美しい

自然を保全し、人間や動物に危ないことがあれば、助けの手を差し伸べてくれる神に違いないと考え直した。今夜の危機を救ってくれたのも偉大な神様の助けと、感謝の念から自然への畏敬の念へと変わっていった。

「キヨ、東の空が明るくなってきたぞ。夜明けだよ。もう少ししたら出発するよ」

という声に目を開けた。そして、改めて児原稲荷様へ感謝の手をあわせた。

少し明るくなると二人は、杉安めがけて歩き始めた。

杉安では和紙の家に寄り、お茶をいただき、旅支度を整えて極楽寺に向かって出発した。

極楽寺には昼過ぎに着いた。日帰りの予定で行ったのに帰ってこないので、大騒ぎをしているところだった。無事帰ってきて、皆、安心した。

キヨは岡本さんの所で半日休ませてもらい、翌日は、何も無かったかのように、吉原家の仕事についた。

六、苦労のなかで成長

日露戦争

キヨは引き続き吉原家の奉公を続けた。ボロ着物を着て乞食のようにして、朝から晩まで使いまわされる日々が続いた。

楽しみは食事の後に聞く金蔵さんの世間話である。

「明治三十七、三十八年に、日本とロシアと戦したのは、皆も知っている通りだが、原因はロシアの満州、中国、韓国への進出を阻止しようとして争いとなったのである。日本は富国強兵を国是として、前の日清戦争に続き、大国を相手に戦争を始めたのである。

東郷平八郎が率いる日本艦隊は、敵のバルチック艦隊を日本海に迎え撃ち、これを全滅させ、大勝利をおさめた。しかし、乃木大将率いる陸軍は旅順にて激戦となり、敵の要塞二百三高地を攻撃したが、これが難攻不落の要塞で、攻めても攻めても落ちなかった。死ぬことを覚悟で、白襷《しろだすき》をした数万人の決死隊を繰り出したが落ちず、日本で一番大きい大砲をわざわざ持って行き、砲撃の末、陥落させた。

しかし、戦争にたくさんの金を使ったので、日本の財力はゼロになっていたのである。日本はアメリカに仲立ちを頼み、講和条約を結んだ。その内容は、

一、朝鮮の世話は日本がする

二、ロシアは清《しん》から手を引く

三、南満州鉄道を日本に譲る

四、南樺太と北洋漁場の権利を日本に譲る。

であった。この内容を知った国民は、賠償金を貰わないのか、樺太はなぜ半分かと、不満が起こり、騒動が起こった。その時の全権大使は飫肥藩出身の小村寿太郎であった。彼は国民に、そしられたが、じっと我慢した。

日露戦争に勝利はしたが、たくさんの戦死者を出した。話によると宮崎県から日露戦争に出征した人は一万三六〇〇人で、うち戦士者が九六〇人だそうだ。だから全国では膨大な数になるよ。

国費の殆どを使ってしまい国民の生活は一段と苦しくなったのである。みんなも自分の

村に帰って調べてみれば、何人かの人が戦死しているはずだよ」

こんな戦争の話ばかりではなかった。

「これは耳寄りな話だが、宮崎町に電灯が点《つ》いたそうじゃ。こっちも、もうすぐ点くじゃろ。家の中が明るくなるぞ。ランプのホヤ磨きもせんでよくなるわい」

無学のキヨはいろいろな話を聞いて知識を身につけた。

下女奉公を終え家に帰る

キヨは五年も吉原家に奉公した。八歳から子守奉公に出て働き、夢のように月日が流れた。仕事は厳しかったが、世間の波にもまれ、人間としての体験を重ね、心も体も成長していった。

明治四十年キヨは二十歳になっていた。家に帰ると、前田家では、四女ヨシ、五女ヨネ、四男竹次が生まれ、貧乏人の子だくさんの例えの如く、賑やかになっていた。次女のフイノ、三男の進は、奉公に出され、家にはいなかった。

父の行状

父は相変わらず外に出て商売のようなことをしていたが、稼いだ金は殆ど遊興費に費やし家庭には僅かしか入れず、家族は最低の生活を強いられ、憐れであった。家の畑で採れる野菜や雑穀に、キヨや妹、弟が稼ぐ奉公米などで何とかしのいでいた。

怠け者の父は佐土原の遊廓といわれる花街等を飲み歩き、家を空けることも度々であった。

明治になって、田畑の売買が自由になり、それを担保に遊び回る者が村には何人かおり、挙句の果ては、家、屋敷まで失い、村を出ていく者が見られた。農村は地主と小作人、金持ちと貧乏人ができてきた。

ひどい親になると、娘を遊郭や飲食店に人身売買して何がしかの金に換え、生活の足しにする者もいたのである。全く子どもの人権はなく、泣く泣く親元を離れる子も多くいた。

こんな時代、キヨは、自己の人生の生き方を見つけ、誰よりも働き、世の中に尽くしていった。

第二部　蕾開く

一、三島家に嫁ぐ

結婚

明治四十年一月、津倉地区の三島家から二十歳になったばかりのキヨを嫁に欲しいと申し入れがあり、父は大変乗り気で、結婚を勧めた。

降って湧いたような話に、キヨは驚くばかりだった。自分には縁のないとばかり思っていた結婚が、こんなに早く来るとは夢のようであった。

相手は長男でいずれは家督を継ぐ男。家は自作農で暮らしには困らぬだろう。夫になる安右衛門は学校にも行き、読み、書きそろばんができ、やさしく真面目そうな男である。近所で悪い噂もない。

子どもを叱って働かせ、搾り取ってばかりいる父でも、わが子の幸せを考えて、様子を聞き、調べたのであろう。

めでたく結婚が決まり、明治四十年一月十四日には入籍し、三島家の人となった。父の九十は、キヨの嫁入りに際し、金三円と、布団一枚、着物三枚を古着屋から求めて来て持たせてくれた。あれだけ家のために働いたキヨにとっては、まことに粗末で軽い嫁入り道具であった。

三島家の家庭

嫁ぎ先の三島家は自作農と言っても、暮らしはあまり豊かではなかった。藁屋根の下に八人が暮らしていた。

両親の父常蔵、母トエ、夫になる安右衛門、姉が二人で、既婚のトラとイナ、弟の藤市、妹のケサギクであった。末の藤市は、まだ小学校にかよっていた。キヨを入れると九人の家族となった。

津倉は、キヨの生家の江原の東隣の地区で、北に小高い丘、南に水田が開け、農家三十戸ばかりが集まった集落である。

三島家は、その集落の一番西の方に在り、屋敷は三百坪ぐらいの広さで、周りには、カシ、ヤブツバキ、シイ、スギ等の古木、竹やぶなどがあり、屋敷林をなしていた。西の崖下には泉があり、きれいな水がこんこんと湧きだしていた。これは三島家や近所の人の大事な生活用水であった。これを、泉川（イガワ）と呼んでいた。

キヨの決意

キヨがこの新しい人生のスタートにあたって考えたのは、今までの貧乏な暮らしに別れを告げ、豊かな家庭を創ることであった。

金がないからこそ、食べ物にも着る物にも不自由し、乞食のような暮らしをしていて、世間の人に馬鹿にされ、軽く見られ、悔しい思いをしなければならない。

「馬鹿でも金持ゃ一等賞」

金さえあればみんなに大事にされ、良い暮らしをして、勉強して尊敬され、豊かな生活ができるのだ。

金持ちになろう。キヨは心に強く決めた。よく働いて、この三島家を金持ちにするのだ。

若い妻は心が躍った。

金取りの工面

何をすれば金がとれるだろうか、一心に考え続けた。矢張り、金取りで自信があるのは、物売りの商売である。今まで薪や野菜を売って金を稼いだ。確実に現金が手に入る。そう決めたキヨは安右衛門に頼んでみた。

「安よむさん、頼みがあるんだけどな」

キヨはためらいがちに聞いた。

「何だ。お金か。お金ならないよ」

「そのお金のことだけど、お金がないと、日用品を買ったり、学校や村の付き合いでも困るだろうから、金取りをしたいのだけれど、家でとれる野菜を町に持っていけば金になると思うのだが」

「そりゃいい考えだ。百姓は米が採れた時や、野菜類が採れた時は、家で使う分を残し、残りを売って、生活費にしてきた。今は余分な金はないのだ。一度、親父に聞いてみよう。親父が何と言うかだ」

安右衛門は、夕飯の後、「キヨが、野菜売りをしたいというが、お父っさんはどう思いなるかな」と切り出した。

「ほ、ほう、そりゃありがたいが。結婚早々に町で、物売りなんかさせて世間体が悪い。

無理せんでも生活にゃ困りゃせん。止めとけ、止めとけ」

と一蹴された。キヨの計画は、ここで、頓挫してしまった。

新妻の仕事

新婦のキヨには商売よりも、することがたくさんあったのだ。朝は誰よりも早く起きて食事の用意、仏壇や神棚へお茶やご飯のお供え、家の掃除、水くみ、洗濯と忙しいのである。義母のおサワや姉のおイナも早く起きて来て助けてくれた。朝夕の食事の作り方、味噌醤油、道具のあり場所や使い方などを、一つ一つ教えてもらった。

日が経つにつれ、キヨは三島家に溶け込んでいった。

二、野菜売り・ゴザ売り

キヨの再度の頼み

屋敷の空いたところは家庭菜園にして、色々な野菜を作っていた。ところが、使い切れない野菜は皆、抜いて捨てたり、堆肥にしてしまっている。

キヨは、何と勿体ないことだと胸が痛んだ。三月になればトウが立つ、売るなら今だと思った。

「お父さん、畑のダイコンや白菜は、だいぶん残りそうだが町に持って行ってもいいかな。いくらかのお金になるが」

キヨは今度は直接頼んでみた。

「そうじゃね、二月も終わりだから、もうすぐ、トウが立つね。今年はキヨが来てくれたかい、町に持っていってみるか。喜ぶ人もいるだろう」

今度は、あっさりと許してくれた。

希望の門出

そうなると、一日でも早くやりたい。野菜はどれも、色よく、大きく育っている。明日から早速始めることにしたい。義父に売る野菜を聞くと、ネギ、ホウレンソウ、しゅんぎく、大根など採ってくれた。

それを、イナとケサギク、キヨの三人で洗い、小さな束にして分けた。夫の安さんは、竹籠を用意してくれた。浅い竹籠二つに野菜を分けて入れ、それを天秤棒で担ぎ、運べば便利な道具である。土地ではその道具を、ヒゲコと呼んで、愛用していた。

一時間ばかりですっかり町行きの準備ができた。三島家はなんとチームワークの良い家だろうかとキヨは嬉しくなった。

今こそ商人になって

好きで好きで、あれほどやりたかった商いが、今、実現しようとしている。これがキヨの夢を実現するための第一歩だ。勝つも負けるも、これからの努力と運次第だ。キヨの心は、戦場に向かう武将のような気持ちであった。

安右衛門、母、姉、妹も朝早くから起きて顔を出した。夫はヒゲコを担いでみていたが、

「十貫目近くはあるぞ、キヨ、大丈夫か」と言って、キヨの肩に掛けてくれた。

「今までも、随分重い物を担いできたから、このくらいは平気だよ」

母もサワも、「おキヨご苦労さん。休み休み行けよ」と言葉をかけてくれた。

キヨは、みんなに見送られて、佐土原に向けて出発した。

歩くたびに、肩のテンビン竿《ざお》がしなり、キュキュと音をたて、調子を取ってくれる。左肩が痛くなると右肩に回し変え、休まず歩き続けた。一時間で、佐土原の町に着いた。

町の取付きで曼陀羅小路あたりから売り始めた。

「野菜はいんならんか。白菜、大根、ニンジン、カブ、キャベツ、ホウレンソウ、コマツナなどを持ってきました」

と、家の中まで聞こえるように大きな声で叫んだ。おかげで、少しずつ売れていき、肩の重みが軽くなっていくのがわかった。

四丁目の呉服屋では、おかみさんが、

「あら、お前は薪売りに来ていた女の子ではないか。ずいぶん大きくなったもんだね。

今度は野菜売りか。精々買ってやるから持ってきなさい」と言葉をかけてくれた。

「奥さん、ありがとうございます。よろしくおねがいします」

とお願いして、お得意さんができたりして初商いは上々であった。

昼前早く家に着くと、みんなが待っていた。売り上げの金を、袋ごと父に渡し、商いの様子を話した。「それはごくろうさん」と機嫌よく言ってくれた。

夫の安右衛門が「お金はいくら取れたのか」と言って袋から畳の上に出した。一厘銭の山ができた。中に一銭銅貨も混じっていた。夫が数えると四十六銭もあった。

「これはすごい稼ぎだ、キヨ。米六升は買えるお金だ」

キヨは、夫にほめられ嬉しかった。

「この金は、お父っさんが作った野菜の代金だからもっていてくだいな。キヨはこれからも金を稼いでくるから、たくさん溜めといて、家つくりに役立てにゃならんが」

キヨは幸先良いスタートに前途に明るいものを感じた。

三島家の副業

キヨは、特別の時以外は、毎日佐土原に野菜を売りに行った。銭に取りつかれた亡者のように、小銭が手に入るのが楽しくてやめられなかった。

家では父の常蔵、母のトエ、姉のイナ、夫の安右衛門、妹のケサギクと働き手がそろっていた。

津倉地区では、家庭内手工業で寝ゴザの生産をしている家が数軒あった。三島家も、田畑の耕作の他に、副業で寝ゴザの生産をしていた。父と母の二人で組み、太めのイグサを材料に、ゴザやマブリをつくった。マブリは田植え時、雨具としてなくてはならぬ道具であった。頭にバッチョ傘、背中にマブリを身に着ければ、どんな大雨でも、濡れずに田植えができた。マブリは寝ゴザの半分ほどの長さに織り、肩に掛けるところを加工すれば、それででき上がりである。

農家は田植えの季節が近づくと、種まきの準備や道具の手入れなどと、忙しくなる。マブリも、この頃になると、作って売るのである。

四月八日は御釈迦様の花祭りの日である。寒い冬を耐えて迎える、春の温かい日の一日である。人々は解放されたかのように祭りに繰り出す。

御釈迦様の体に甘茶を掛け、お詣りして、自分も甘茶を頂き、ご利益を頂く。甘茶を小瓶に汲んで家に帰る人もいる。

この日は、佐土原の町に市が立ち賑わう。マブリを売るのもこの時である。母のトエが、「キヨ、お前は商いが好きのようだが、今年は一緒に行ってみるか」と誘ってくれた。市は釈迦堂近くの五日町付近で開かれ、通りの両側に品物を並べて売る。クワや鎌などの農具、包丁などの刃物、たけかご、衣類、瀬戸物、野菜類などと、通りいっぱいに露店が出る。

キヨたちも、役場の前に陣取り、マブリと寝ゴザを並べて売りはじめた。母が、「キヨは初めてだから、見ていればよいからね。商売の仕方を覚えるんだよ。寝ゴザは三十銭、マブリは二十五銭で売る予定だよ。売れたら、丸めてひもで縛って渡してよ」

昼近くなると客足も増え、店の前を通る人も多くなってきた。いきなり、「あった、あった、ここだ。マブリは」と言って、お客がやってきた。

「おいでなんせ」

「こんマブリは、なんぶで売んなっとか」

「二十五銭ですわ」

「わしゃ、三枚かうかい、二十銭にまけならんか」

「マブリは作るのに手間がかかるかい、やっと、これだけ作って持って来たんですが、二十五銭はもらわんと、手間代も出らんですが、勘弁してくだらんか」

「そんなこつなら、二十五銭でもろていこ」

売り手、買い手の駆け引きでにぎやかである。

「ありがとうございます」

トエはお礼を言って、深くあたまを下げた。

早速キヨは、三枚を一つに丸めて紐で縛り、「七十五銭頂きます」と言って、お金を受け取り、マブリを渡し、丁寧にお礼を言った。

まだ雨ガッパのない時代でマブリは梅雨時に、雨の中で田植えをしなければならない農家の人の必需品であった。立って馬使いをする男衆は、蓑を着て仕事をした。

キヨが見ていると、客が次から次と来て、マブリは面白いように売れた。四十枚のマブリと十枚の寝ゴザはお昼ごろには全部売れた。

キヨは商いの面白さをここでも学んだ。

鯨羊羹

芝居を見に行っていた、藤市、イナ、ケサギクの三人がニコニコしてやって来た。

「みんな揃ったね。昼時だから飯食いに行こう。その前に鯨羊羹が食いたいね。めったに食うこともないから」

大金を袋に入れたトエは気前が良かった。

五人連れ立って役場近くの羊羹屋を覗くと、客がいっぱいである。

「こりゃ駄目だ、上中小路の方に行ってみよう」と行ったが、ここも満員、ようやく入れたのは五軒目だった。

この店は、羊羹の他にうどんも出していた。羊羹一皿と、うどん一杯ずつ食べた。

キヨは江原にいた頃、妹や弟たちに初めて鯨羊羹を買っていったことを思い出した。

帰りに母トエは、「家で留守番している男衆にも、羊羹を買っていこう」と言って、二包み買って帰った。

春の歌

帰り道は、まだ日が高かった。周りの田圃には、麦、菜種、レンゲ田が広がり、緑、黄、ピンクと、春の色に染まって美しかった。藤市が、いきなり、

春が来た春が来た
どこに来た
山に来た里に来た
野にも来た

と歌いだした。すると、ケサギク、イナも、歌いだした。

花が咲く花が咲く
どこに咲く
山に咲く里に咲く
野にも咲く

鳥が鳴く鳥が鳴く
どこで鳴く
山で鳴く里で鳴く
野でも鳴く

「キヨ姉さんは、春の小川は歌えるかい」

「お前たちの唄を聞いているから、歌えるよ。みんなで歌おうか」

「春の小川はさらさらいくよ」と、唄いながら田圃道を帰った。

キヨは、わらべ歌とは違った明るさを感じ、心まで明るくなるような気がした。

ゴザ作りの準備

寝ゴザやマブリは、現金収入の少ない農家にとっては良い副業であった。しかし、一年を通してその準備を怠れない。

イグサの他に、ゴザの糸になるイチビ（麻の一種）を、春には種をまき、夏に採って、皮をはぎ乾燥させ、細く裂いて糸を紡いで作る。

イグサは春に田植えをして、秋に刈り取り、泥染めをして天日で乾かす。

材料がそろうと、農閑期や雨の日に機織りをする。手間暇かけてゴザは作られるのである。

三島家ではゴザ作りを代々やっていたようで、皆その技術を身に付けていた。

三、花の日々

野良仕事

お釈迦様の市から間もない日、父の常蔵が、

「安よむ、今日は川向こうの畑にイチビの種まきしてこんか。キヨも連れて行って種まきの経験をさせんか」

家族の多い三島家では、二人きりになるときは殆どない。キヨは、解放されたような気持ちになった。川向こうまでは結構遠いが、重い堆肥を担いで行った。

天気はいいいし、少し暑いくらいである。周りはすっかり緑で、川の繁みではヨシキリが、しきりに鳴いている。

キヨは、夫と二人きりで仕事ができることが楽しくてしかたがない。

畑打ちで細かくなったところに浅い溝を作り、そこにイチビの種を蒔く。

「キヨ、種は粗く蒔いてくれよ。六尺以上にもなるイチビだから」

「えー、そんなに高くなるの。そんなら、二人でかくれんぼしても、分らんね」

「バカ。大人がかくれんぼなんかするもんか」

真面目な安右衛門は、むきになって返事を返してくる。

キヨも楽しさに絆《ほだ》され、冗談が飛びだしてきた。

花の御殿

いつの間にか、日も高くなり、暑くなってきた。

「キヨ、昼飯にしよう。腹が減ったね。ここは暑《あ》ちかい、菜種ん中が陰で涼しかろ。弁当を持ってこっちへ来い」

そう言って安右衛門は菜種の畑に入って見えなくなった。キヨが急いでついていくと、中は菜の花のトンネルである。

幅広く植えられた菜種の株は、五尺ほどにも伸びて枝を広げ、交差するのでトンネルができる。

「ヒャー、これはまるで花の御殿みたいじゃ」

菜の花の甘い匂いがあたりに満ちていて、蝶やミツバチたちは楽しげにとび廻り、空ではヒバリが囀っている。なんだか別世界に来たようで、夢みたいとキヨは思った。

「安よむさん、良い所を見付けなったね」

「夫婦は二人きりになった時が一番楽しいのだよ。若い夫婦は、こんな所でよく憩い、かくれんぼごっこをする組もあるのだよ」

「さっきは大人はかくれんぼなんかしないといったのに、今度はするの。安よむさんておもしろい人ね」

「そんな事より、早く弁当を開けんか」

キヨは風呂敷から、めんぱ（まげわっぱの弁当箱）と竹の水筒を取り出して自分の分を蓋に半分とって、夫に渡した。

「やっと飯にあり付いたか。野良仕事は腹が減るね。そういえば、お前と二人だけで飯食うのは、初めてじゃないかな。家族が多いからキヨには苦労を掛けるね。親父もおふくろも、いい嫁が来たと喜んでいたぞ。今日は昼休みをゆっくりしていこう」

キヨは夫と二人きりでいることが楽しく幸せで、こんなワクワクする気持ちになるのは初めてであった。二人は、寄り添って、しばしの時間を過ごした。

「ゆっくりしたな。イチビの種まきは終わったから、これから玉ねぎとジャガイモ掘りをして持って帰るぞ。キヨの明日の売り物の用意じゃ」

安右衛門は、採ったジャガイモと玉ねぎを、今朝、堆肥を担いできたそら口（藁を編んで作った野菜入れ）にどんどん入れた。

「安よむさん、私は、町に商いに毎日行き、お金をいっぱい貯めたいの」

「そうか。でも、お金をそんなに貯めて、何に使うのか」

「まだ決めてないが、お金が欲しいの」

「貯まるといいね。だが無理するなよ」

二人の会話は将来の夢になっていた。

安右衛門は、キヨの話を聞きながら、イモを掘り、一方のそら口にジャガイモ、もう一方に玉ねぎと分けて入れた。それぞれで担ぎ家路をいそいだ。

四、鶡戸さん参り

三泊四日の新婚旅行

四月も半ばを過ぎたころ、父の常蔵が二人を呼んで、相談があるという。

「一月にキヨが嫁に来てくれて早や四月、見ていると、良く働くし、金取りもうまい。俺たちも喜んでおる。こんな嫁にはいつまでも居てもらわんといかんが。二人は仲よくして、いつまでもここにいてもらわんといかん。昔から鵜戸さんは縁結びの神様といわれ、結婚すると一度はお参りに行く習慣じゃが。お前たちも行って来んか」

と、父常蔵は真剣に話した。

「俺も、前から考えてはいたが、お父さんが勧めるならば大手を振っていけるが。キヨ、頑張って鵜戸さん参りにいってくるか」

「はい、安よむさんとなら、どこにでも行くがな。連れて行ってください」

話は決まり、四月二十日に出発、三泊四日の日程で行くことになった。

出　発

明治四十年四月二十日、旅支度を万端整えて二人は家族に見送られ、早朝五時に、足取りも軽く家を出発した。鵜戸さんまでは約六十キロメートルの道のりである。周りはまだ薄暗いが、暁の空が山々の稜線を美しく見せている。

キヨは、これから歩く長い道のりを想像して、まだ見ぬ町や村、海、山、寺社等、どんなだろうかと胸を躍らせた。一方、山坂越えて四日間の旅は大丈夫だろうかと、不安はあったが、小さい時からきたえた体には自信があった。

住吉村の狭間付近で太陽が顔を出した。菜種や麦、れんげ田が、一面に美しく広がっている。キヨは、かつて極楽寺で働いていた頃、この辺まで仕事にきていたことを思い出し、なつかしかった。

蓮ヶ池を過ぎ、花ヶ島に入ると、もう宮崎町である。町中を三十分ほど歩くと赤江川（大淀川）である。新しく架けた橋を渡ると、やがて赤江村である。

赤江城ケ崎

赤江川に沿って少し下ると城ケ崎という町に入る。商家と違って花街である。青島街道に沿ってずらりと料亭や茶屋、遊郭が並んでいる。

キヨは思わず夫に聞いた。

「ここは、どうした所じゃろか」

「ここは江戸時代から赤江港として栄えた町で、大型の北回り船や、多くの船が出入りした所だよ。そして、船乗りや荷扱いの人たちの、泊まり場となり、大変栄えた所と聞いているが。

　赤江城が崎ゃ
　撞木《しゅもく》の町よ
　鐘（金）がなければ通れない。

と、唄われるほど天下に聞こえた処だよ」

赤江港も、上流からの土砂で年々浅くなり、最近は港の機能を失い、遊郭だけが残ったのである。

通りのわきに、一本の大きな松の木があり、幹回りは三抱えほどもあり、高く聳えている。キヨは、

「この松は何百年くらい経ったじゃろか。根本は三メートルくらいも寝そべり、途中から立っている面白い木じゃのう。高さも二十メートルはあるだろう。どこからでも見えるし、見返りの松としてみんなに親しまれていることだろうな。口があるならこの町の栄えた頃の話を聞いてみたいもんだ」と、つぶやくように言った。

「キヨ、大分歩いたが、そこの茶屋で一休みしようか。まだ昼には早いが、団子でも食うていこう」

安右衛門の誘いで中に入ると、朝帰りの遊びの客か、数人、朝飯を食っている。キヨたちは、団子を一皿ずつ食べて早々に出発した。

城ケ崎の花街を抜けるまで、夫の安右衛門が、どこかの家に吸い込まれるのではと心配して、後ろからしっかりと、付いていった。

「キヨ、余計な心配するな。俺は、こんな所には、いかないから」

青島神社

城ケ崎から青島までは約十キロメートルの道のりである。江戸時代は城ケ崎までが飫肥領内だったせいか、街道は広く整備されている。

二時間ほども歩くと、知福の浜（こどものくに付近）という所に出た。美しい砂浜が続き、波が静かに寄せている。広瀬の荒々しい浜辺と違って、静かで美しい海である。キヨは思わず、「ここは何という所じゃろか」と聞いた。

「もう青島村じゃ。向こうに小さく見える島が青島様じゃ。青島大明神を祀った島じゃ。キヨこの辺で昼飯にしようか、松の木陰で景色を眺めながら、いい場所じゃが」

二人は竹の皮に包んだ握り飯を取り出して食べ始めた。おかずには梅干しと、ショウガのみそ漬けが入っている。

「今夜の泊まりは、内海だから、まだ結構先がある。内海峠を越えねばならぬから、ゆっくりはできぬ。青島様は帰りにお詣りすることにして、先を急ごう」

夫の提案に従い、早々に出発した。少し行くと、折生迫という小さな漁港があった。漁師町で港には、漁船が数隻繋いであった。キヨたちは立ちより港の景色を楽しんだ。

内海峠

田圃づたいにかなり行くと坂道になり、坂が急で、まるで空に向かっていく感じである。二人で励ましあい、杖を頼りに上った。ここは内海峠の頂だ。汗びっしょりになり、上りきると、絶景が開けていた。

太平洋が南から北まで広がり、水平線が線を引いたように空と海を分けている。海の方から涼しい風が吹きあがって来て気持ちがいい。汗が引くまで木陰に入り、やすみながら景色を眺めた。引き潮の磯には、何本も線を引いたような模様が磯一面に広がっている。

「あれはね、鬼の洗濯岩というて、有名な岩じゃ。この辺はどこも、鬼の洗濯岩で磯ができてるようじゃね」

二人が休んでいる周りには、ハマユウの花が、早くも咲いていていて、淡いいい香りを漂わせている。それに気付いた安右衛門が、花を採ってきて、

「キヨこれを髪に付けてみろ。もっと美人に見えるぞ。動かないで。つけてやるから。ほうら、ハイカラさんになったが」

「安よむさんは、わやく(冗談)ばっかり言いなるが、人が聞いたら、笑うがな。キヨは

肌にクリームも付けんかい、汚いじゃろ」

「お前は綺麗だよ。よし、今度俺がクリームというものを買うてやるから、もっと綺麗になれよ」

キヨは、夫の優しい言葉が嬉しかった。この人のために、どんな苦労も厭わず尽くさねばと思った。

峠道は、二キロメートルばかりあり、往来する人は、ちらほらである。みな、先を急いでいるようにみえた。だらだらとした道を下ると、やがて内海の町が眼下に見えてきた。さすがにここまで歩いてくると、足も棒のようである。太陽も水平線の近くに落ちてきている。二人はおのずと足が早まった。

峠を下りて、しばらく田圃道を行くと、旅籠《はたご》が並んでいた。その一軒、日向屋忠兵衛という宿屋に泊まることにした。

「キヨ、今日はよく歩いたな。どこも痛い所はないか。明日からは、山坂連続だから、よく疲れを取っておけよ。今夜は二人の鵜戸さん参りの前祝いだ」

二人は、とれたての鰹やアワビを肴にお酒で乾杯をした。

キヨは、潮の香が漂い、磯に打ち寄せる波の音を聞いて、別世界に来たような気分になった。一日の疲れとお神酒のために心地よく眠りについた。

七浦七峠

鵜戸さん参りは城ケ崎を起点にして、鵜戸神宮まで四十四キロメートルと言われ、第一日を内海の宿場で一泊、翌日は七浦七峠を越え神宮に参拝して宿坊に泊まり、そして、三日目は再び七浦七峠を経て内海の町に一泊、四日目は家路に向かう。

鵜戸さん参りの難所といえば、七浦七峠である。特に峠越えは大変である。

「キヨ、今日は鵜戸さんまでの道が厳しいぞ。海辺の村はまだいいが、山道が大変だ。宿屋の忠兵衛さんの話では、七浦とは…内海の浦、小内海の浦、鶯巣《おうさ》の浦、伊比井の浦、富士《ふと》の浦、小目井の浦、宮の浦。七峠とは…日の御崎峠、内海峠、鶯巣峠、伊比井峠、馬の峠、瀬平峠、えぼし峠の順になるそうだ」

四月二十一日朝五時、忠兵衛の宿を出発、鵜戸さんに向かって歩きだした。

行けども行けども山坂ばかり、キヨは夫について黙々と歩いた。照り付ける太陽に汗は吹き出し、足は疲れる。伊比井峠では下から吹き上げる風が涼しく、松の木陰で休んだ。右下に富士村が見え、村の向こうには、鬼の洗濯岩が長々と横たわり、続く海上には白帆が二つ三つみえた。

「安よむさん。いい景色ですな。キヨはこんな景色初めてじゃ。一生忘れんじゃろ。苦労した後には、こんないい景色が見れる。人間は苦労を厭うてはいかん」

「そうじゃ、そうじゃ。お前の言う通りじゃ。いい思い出になるのう」

鵜戸神宮

幾つかの峠を越えて最後の山、鵜戸山である。烏帽子峠より山を登って下ればそこは鵜戸神宮である。心がけの悪い女などは、どんなに渡ろうとしても渡れないという反橋《そり》を渡って岩場の磯まで降りると、そこに大きな窟《いわや》があり、中に鵜戸六社大権現の社があった。お社は、大変キラキラして目も輝くばかりである。

鸕鶿草葺不合尊《ウガヤフキアエズノミコト》を主神に祀った鵜戸神宮である。キヨは安よむさんといつまでも一緒でいられるようにとお詣りをした。

お詣りして窟内のあちこちを見て回れば、竜宮献納の釣り鐘があった。どのようにしてここに持ってきたのだろうかと不思議だった。小さいお宮など多く祭ってあった。

「キヨ、天井を見てみろ、ぼつぼつと乳のような、でっぱりがたくさんあるが、あれは昔、お乳が出ていたところだそうだ。母親の居ないウガヤフキアエズノミコトに呑ませて、育てたといわれているそうだよ」

「珍しいこともあるもんだ。子どもがたくさん欲しいから、ここにも拝んでおこうと」

二人は将来を夢見て語らいも弾んだ。

「キヨ、鵜戸神社の話をすると、祭神のウガヤフキアエズノミコトという神は、古い日本の本では、日本がまだ神代といわれた時代の神様で、話によると彦火火出見尊《ヒコホホデミノミコト》が竜宮に招かれ、海神、豊玉彦のところに三年留まり、その娘、豊玉姫を妻として連れ帰られた。姫の言うのには、

『私はあなたのお子を身ごもっています。やがて生まれますので、産屋を作ってください。お産の途中は絶対に、のぞかないでください』

尊は大急ぎで鵜戸の海辺の風の吹きすさぶ所に、産屋を作り、屋根を鵜鳥の羽で葺《ふ》かれた。葺き終わらないうちに姫が産気づき、お子が生まれた。

お産の時、尊は禁を犯して、豊玉姫のお産の様子を覗かれた。尊の目に映ったのは、なんとワニの姿だった。正体を見られた豊玉姫は、

『これ以上、あなたの所にいることはできません。竜宮へ帰ります。御子には、窟の天

井から落ちる乳を飲ませて育ててください』と言って去っていったという。

生まれた子には、産屋が葺き終わらないうちに生まれたので、鸕鷀草葺不合尊と名付けて大事に育てたそうだ。

鸕鷀草葺不合尊は長じて豊玉姫の妹、玉依姫《タマヨリヒメ》を妻として神武天皇を産みなさった。今の天皇家のご先祖ということになっておるのじゃ」

キヨは安右衛門の話を面白く聞いた。安よむさんは、なんでこんな難しいことを知っていなさんのだろうと、うれしくなった。

二人は境内の宿坊に行く途中、たくさんの子どもや女に囲まれ、「乳飴買って、乳飴買って」としつこくせがまれて、道を通してくれない。やむなく、いくつか買って行こうとすると、また、次の女たちに売りつけられて、十袋も買ってしまった。ようやく売り子に解放されて、宿坊に入りホッとした。宿坊は鵜戸さん参りの季節とあって、賑わっていた。

「安よむさん、こんなに飴をたくさん買ってどうしようか」

「なあに、家族や近所の土産にすれば、喜ばれるがな。まだ足りないくらいだ」

キヨは、前田の子どもたちへのお土産を忘れていたのだ。明日の朝、買おうと思った。

二人は明日の帰りの七坂七峠の難路のことを考えて早めに休んだ。

五、鵜戸さん参りの帰り路

土持さんご夫婦

四月二十三日、夜明けを待って出発である。空は雲一つない上天気で、暑くなりそうである。六時ごろになると、あちこちの宿坊から新婚さんらしい若夫婦が続々と出てくる。中には老夫婦や独り者もいる。

今日は鵜戸参りの還路である。先ずは内海の宿舎を目ざして三々五々に歩きはじめた。キヨたちの前に一組の夫婦が歩いている。立派な旅装束を身に着けている。男は年のころ二十五、六。背が高くてがっちりとして逞しい感じである。妻と見える女の方は十五、六の小娘に見え、小柄で美しく上品な感じである。

安右衛門が、二人に追いつきざまに、

「今日も暑くなりそうですな、どちらから来られましたか、わし等は那珂の在の、三島というもんです」

「私たちは高岡で土持といいます。同じく、鵜戸さん参りでしたか。途中の峠道は、女子どもには酷ですな。家《うち》のかみさんは、足が弱いので難儀します。今日中に内海に着かないと、家の者たちが迎えに来ているのでのう」

土持さんは若妻をいたわるように見ながら話をしてくれた。

「それは御苦労さんです。往路を歩いてきたのですから、帰りはもっと楽になりますよ」

キヨは土持さんの奥様と並んで歩き、見るからに弱弱しい歩き方が気になり、

「私はキヨといいます。百姓の生まれで体は丈夫です。何か困ったことがあったらいってください」

「ありがとうございます。花絵と申します。綾の生まれで、家が材木問屋をしていたものので、人手がたくさんあり、苦労せず育ったものですから、こんな時は困ります。旦那様が、日露戦争が終わり、除隊して帰られ、親の意向で結婚しました。私は十六で旦那様が二十四歳です。土持家は先代まで庄屋を務めた家柄で、今は広い田圃を持ち、小作人に貸しております。家のしきたりが多く、私も少しずつ覚えて、家の力になりたいと思っているところです」

「いいところに嫁がれて、良かったですね。早く元気な赤ちゃんを産んで家の人を喜ばしなさいよ」

キヨは内心、思った。この人たちは身分の違う人たちだ。帰れば決してこんなに気安く話もできないのに、これが旅の道づれというもんだろうか。

一方、男同士は気が合うと見えて、話に夢中である。土持さんが、日露戦争の話をしているようだ。

日露戦争の話

キヨは、日露戦争の話は前に金蔵さんに聞いたことがあったが、生の話を聞くのは、初めてであった。

ロシア軍は、二百三高地に難攻不落といわれた堅固な要塞を構えて、直下にある旅順港を守っていた。二百三高地を攻め落とさない限り、この戦いに勝利することはできない。乃木希典中将は第三軍の司令長官となり、攻撃指揮を執った。

明治三十七年八月十九日、第一回総攻撃では、七日間連続攻撃したが失敗。

十月二十六日、第二回総攻撃で、六日間連続総攻撃したが失敗。陣地の周りは、幾重にも谷や堀が回《めぐ》らされ、敵の陣に到達する前に、皆倒れた。しかも、新しい兵器、機関銃で上から狙い撃ちされ、わが軍は苦戦を強いられた。

十一月二十六日。第三回総攻撃。白ダスキ隊（決死隊）の中村旅団は全滅した。

十二月五日。第三軍、二百三高地を攻撃、占領。翌々日、旅順港内のロ軍戦艦を全滅。


土持さんは「自分も二百三高地攻略に参戦したが、戦闘は苛烈で特にわが軍の損害は大きく、谷を埋め尽くすほどの万骨は、屍《しかばね》を晒《さら》し、凄惨な光景であった」と語った。

この戦いでの戦死者は、日本軍五万九千人、ロシア軍二万三千人。宮崎県関係者は、出征者一万三千六百人、戦死者九百八十人。

「自分も突撃隊に投入されるところだったが、直前に二百三高地が陥落し、命拾いをしました」

土持さんの話は長々と続いた。

「それは御苦労さんでした。たくさんの戦死者が出たのに、元気で帰還できたのは幸運でした。そしてこのような鵜戸さん参りということですが、おめでとうございます」

日本海海戦でも、東郷元帥がシベリア艦隊を全滅させたので、世界の国々は驚き、また絶賛した。この時、日本は勝利はしたが、国の力を出し尽くして困窮のドン底にあり、そして、大きな借金を作っていた。戦勝の喜びの陰で、日本の景気は少しずつ冷え込んでいった。

旅は道連れ

キヨたちは良き道連れを得て、身の上話や、世間話などをしながら、いくつかの峠を越えた。出発した時は元気に歩いた花絵様が、少しずつ遅れ始めてきた。

伊比井峠に差し掛かるとき、「私はもう歩けない」と言って座り込んでしまった。土持さんが駆け寄って来て、

「花絵、どこが痛いか。慣れない山道だからね。お前には少し無理だったろう。一時休めば元気が出るよ。俺が足の手当てをしてやるから軽くなるぞ」

土持さんは軍隊で行軍の途中、戦友同士で治しあった足の治療を始めた。膝の屈伸やマッサージをしていたが、「よし、これでだいぶ、楽になったはずだ」と言って立たせた。

「俺が、坂道でひっぱるから、この杖を摑んでいろ」

キヨは見かねて、「その荷物は持ちましょう」と言って花絵様の荷物を預かった。

土持さんは、さすがに頼もしいお方、どんな坂でもぐんぐん引っ張った。最後の野坂峠を越えれば内海である。

「もう、歩けない」という花絵様をみんなで励まし、励まし歩かせた。今度は安右衛門が後ろで、土持さんが前になり、二本の杖で花絵様を挟み、これにすがるようにしてやっと山を越えることができた。

内海の宿に着くと、土持家の迎えの者たちが首を長くして待っていた。キヨたちも、土持さんの勧めで、山崎屋に投宿することにした。

二人とも、くたくたになり、食事を済ませて寛《くつろ》いでいるところに、土持家の人が呼びに来て、顔を出してくれと言うので行ってみると、身内や友人たちが、大広間に太鼓や三味線を持ち込み、飲めや歌えの大騒ぎをしている。

めでたく縁結びの鵜戸さん参りを済ませた、打ち上げの祝いだという。二人も土持夫婦の横に座らされ、一緒に祝いをしようといって、山海の珍味を盛った御膳が供えられた。

キヨもまだ二十歳、姉妹のような花嫁二人並べての宴は時を忘れて続いた。

花絵様は、明日は髪結いに行き、荒れた髪をなおして、花嫁同様の着物に着替えて、迎えに連れてきた馬に乗り、シャンシャン馬仕立てで、高岡に帰るそうだ。

キヨたちは明日の出発が早いので土持夫婦にお礼を言って早々に引き上げた。

二人は、夜明けを待って、山﨑家を出発した。すぐ内海峠の長い坂にさしかかった。埣路の草木は朝露を浴びて、まだ眠っているように見えた。二人は話をしながらゆっくりと歩いた。

「安よむさん、お大尽さんて、わしたちが想像もできないような豪勢な生活をするもんだね。二人は良い夫婦だったね。夫は嫁に優しいし、良い家庭をつくるだろうね。うちも安よむさんは優しいし、学問もしているし、ただ、金がないのは玉に瑕《きず》だが。よし、キヨは働いて土持様のようにはいかないが、金持ちになるぞ」

「キヨ、今度の鵜戸さん参りは、夫婦で、七坂七峠を越えて苦楽を体験する、最初の試練だった。ここで夫婦の絆を強めて生涯を乗り越えていくのも、大明神様のご利益の一つと思うよ。また、旅の途中で出会った人とは、長年の知り合いのようにすぐ打ち解け、情報交換したり、助け合ったりするところも面白いと思うよ」

土持様夫婦とは内海の宿で別れて、再び会うことはなかった。

檳榔樹の繁る青島

往きに素通りした青島神社は、陸から二百メートルばかり離れた沖にあり、周囲一・五キロメートルばかり離れた沖にあり、周囲一・五キロメートルばかりの島である。

キヨたちは島の中に建っているお社に参り、

「私たちは無事に鵜戸さん参りを済ませてきました。更に、縁結びといわれる青島大明神様（彦火火出見尊）にお祈りして、安右衛門とキヨの縁が永久でありますように結んでください」としっかりと祈った。

珍しいことに、島は枇榔樹《ビロウジュ》で覆われ、たくさんの熱帯植物が生え、密林のようであった。

再び潮の引いた岩場を渡り陸に上がるとたくさんの飴売りが待っていた。「里の土産に買っていってくだされ。縁結びの飴をぜひ買いなされ」と言ってそばを離れない。

「安よむさん、鵜戸さんを出る時に、買いそこなったから、ここで買っていこうか」と言って、キヨはさっさと大めに買い込んだ。

二人は青島に別れを告げ、初夏の日差しが厳しく照り付ける道を黙々と歩いた。周りの田圃は麦が穂を出し、麦秋の近いことを語っている。五キロメートルほども歩くと、こんもりとした神社があった。

「キヨ、ここをお借りして昼飯にしよう。この神社は恒久神社と書いてある。

祭神は、木花咲耶姫はじめ五柱の神が祭られている。昔この辺一帯は、洪水が多く、五穀が稔らず、また悪疫が流行して人畜の死するものが夥《おびただ》しかった。それで児湯郡の都萬神社（妻神社）から、分霊をお迎えして祀ったと書いてあるわい。

キヨ、今日で四日目じゃ。歩きどおしだから疲れたろう。お前の方が足は丈夫だから安心だが。ここまでくれば、あと一息だ、さあ頑張って行こう」

しばらく歩くと、城ケ崎の見返りの松が見えてきた。花街を過ぎると赤江川の橋である。

仙吉叔父のシャンシャン馬

ここまで来れば勝手知ったる宮崎の地、どっと懐かしさがこみ上げてきた。橋の途中まで来ると、誰か橋のたもとで、手を振っている。後ろを見ても誰もいない。

「キヨ、誰じゃろか。人違いじゃろ」

二人がだんだん近づいていくと、キヨが突然、

「仙吉叔父貴だ」

二人は近付き、

「なんでこんな所にいるの叔父さん」

「お前を迎えに来たんじゃが。鵜戸さんの初参りじゃが、前に約束した、シャンシャン馬を連れて来たぞ。そこに馬も来ているかい、持ってきた着物を上から羽織れ、その菅笠は、暑いからそのままでいい」

「オラ、馬なんか乗らんでもいい。もう一遍、鵜戸さんに行って来るくらいの、元気は残っている」

「キヨ、仙吉叔父さんはキヨを喜ばせようと来てくださったのじゃ。お世話になれ」

安右衛門が勧めた。

馬の背中には赤い絨毯《じゅうたん》が掛けられ飾り付けた鞍が載せてある。

キヨは、内心うれしさいっぱいで、馬上の人になった。馬が歩くと鞍に取り付けた鈴がチャラチャラチャと賑やかに鳴り騒いだ。キヨはこんな晴れがましい経験をしたことが無かったので、緊張して鞍をしっかり摑んでいた。

町中まで来ると、「キヨ、少し揺れるぞ」と声がして、仙吉叔父貴が「はい、はい」と馬に声をかけ、手綱を引くと、腰をペコペコとさせた。その度《たび》にたくさんの鈴が、シャン、シャンと明るい音で鳴った。人々は、この馬のことをシャンシャン馬と呼んだ。

「シャンシャン馬だ。花嫁さんが来た」と言って見物した。中には、「いい夫婦になれよ。

いい子どもを産めよ」と声をかけてくれる人もいた。

キヨの乗った馬は、初夏の宮崎の目抜き通りを、シャンシャン、シャンシャンと幸せの鈴の音を響かせて、通り抜けた。

蓮ヶ池まで来ると子どもたちが、ぞろぞろとついてきて、

「飴くれ、飴くれ、乳飴くれ」と一斉に手を出してくる。

「キヨ、撒《ま》いてやれ、縁起もんじゃが」

馬方の仙吉叔父貴がいう。キヨは鵜戸さんで買った飴を取り出して、馬の上から子どもたちの頭上にばらまいた。その飴を競って子どもたちは拾った。それを二〜三回繰り返すと子どもたちは散っていった。

この光景を安右衛門は、幸福そうにニコニコとして見ていた。道行く先々に鈴の音を聞いた人は、子どもも大人も戸外に飛び出して、祝福してくれた。

祝いの飴を撒きながら家に着いた。

鵜戸さん参りの報告

家では、近隣の人や前田の父母たちが集まっていた。三島の父母は、バラ寿司などを作

って待っていた。

キヨは、母とは一年も合わなかったような、なつかしさを感じ、すぐ手を取り合った。

父の常蔵は機嫌よく、

「安よむ夫婦が無事、鵜戸さん参りを済ませて帰ってきた。お祝いにいっぱい飲んでください。畑ボラばかりでご馳走はないがたべてください」

近所の男女五、六人、江原の両親二人を入れて賑やかに寿司を食べながら話が始まった。

九十爺が早くも顔を赤らめて、

「安よむさん、鵜戸さん参りは、どうじゃったかな」と、聞いてきた。安右衛門は、

「世の中は、行ってみなけりゃわからんもんで、鵜戸さんまでは山道が多くて難儀した。でもキヨが足が強くて助かった。鵜戸さんには、しっかりキヨと良い夫婦であるようにおねがいをしてきました。鵜戸神宮は荒磯の上の、窟の中に社があり、大昔の神々が祭ってあった。珍しい所でした。

帰りに道連れになった新婚さんが、高岡の元庄屋のお金持ちの息子で、日露戦争に行き、乃木大将の指揮下で戦ったそうです。もう少しで決死隊で二百三高地に突入するところだったそうです。面白い人と会いました。その土持さんご夫婦とは仲良くなり、内海では打

ち上げ会に招かれました。嫁の花絵さんは翌日は、着飾って内海から花嫁姿で帰るとか言ってました。

びっくりしたのは、仙吉叔父さんがキヨのためにと馬を連れて、宮崎まで迎えに来てくれ、ありがたかったことです。仙吉叔父さんはキヨの鵜戸さん参りがほんとうに嬉しかったのでしょう」

安右衛門の報告話は長々と続いた。キヨが気を利かして、

「子どもたちが、土産物を待っているが、配っていいかな。皆さん、お世話になりました。鵜戸さん参りのしるしに、乳飴を買ってきました。これは、子育て、家の繁盛にいいそうです」と言いながら皆に一袋ずつ配った。

未だ小学生の藤市は、すぐ口に入れて、「うまい、うまい」と言って食い始めた。

こうして、ささやかな鵜戸さん参りの祝いの会は終わった。

良いことは必ずある

キヨは鵜戸さん参りが終わり、疲れより、楽しかった思い出の方が多く残り人生が変わったような気がしてならなかった。

・日本の国は神代から続いている。
・どこの社にも神々が座し、国や人々を護っている。
・触れ合う人は話してみればどんな人も心が通じ合う仲間である。
・夫、安右衛門への信頼が強くなった。
・日本は広く、村や町、海や山が美しい。また、おいしい食べ物がたくさんある。
キヨが一番心に感じたのは、
・目標をもって、何か行動を始めて、最善を尽くせば、最後は必ず良いことがある。
なお、鵜戸さん参りのシャンシャン馬での風習は、大正十二年に日豊本線（小倉〜西鹿児島）が開通すると、温泉の町、別府や指宿への新婚旅行、観光旅行へと、衣替えしていった。今、シャンシャン馬は観光用にのみ残った。鵜戸さん参りは今も盛んではあるが、観光道路をバスや乗用車で走り、歩く人はいなくなった。

六、子宝にも恵まれる

長男の誕生

明治四十年待望の男の子が生まれた。家族制度の時代、家を継ぐ男の子の誕生は慶びである。家族中で喜び、勲と名付けた。

キヨは、ひと月もすると勲を祖母のトエに見てもらい、毎日町に商いに行くようになった。勲が一歳になった時、セキリに罹り、子守していた祖母のトエにも伝染《うつ》った。勲は治ったが、トエはそれがもとで死んでしまった。

トエが死ぬときに、「俺が死んでも、跡継ぎの勲が治ってくれたからよかったわい」と言って逝った。

家の安泰を思い、犠牲になったトエは、五十四歳であった。

家族の入れ替わり

勲の次に生まれてきたのは、正雄で、明治四十二年だった。相次ぐ男児出生に、父の常蔵、夫の安右衛門は喜んだ。

次に三男、市次が生まれたが幼没した。安右衛門の兄弟姉妹も家を去った。姉のトラが明治三十七年、妹のケサギクが明治四十二年に同じ伊倉地区に嫁ぎ、イナが明治四十四年に、下村地区に嫁いでいった。

家族の構成が急速に変わってきた。二十五歳になったキヨには主婦として、肩に、どっしりと重みが掛かってきた。藤市も長じて下村地区に婿養子に行き、安右衛門の兄弟は居なくなった。

キヨは、九十六歳の往生まで、三島家の中核となって、家の興隆に努め、十人の子を産み育てての、健闘が続いた。

明治天皇崩御

明治四十五年、明治天皇が崩御された。

日本の近代国家の元首として波乱万丈の時代を統治された明治天皇が逝き、大正天皇に代わった。

乃木希典陸軍大将は夫人とともに自刃して明治天皇に殉死した。

日露戦争の講和条約に大いに活躍した、飫肥の小村寿太郎も、その前年の四十四年に亡くなり明治時代は幕を閉じたのである。

日本は、富国強兵を国是とし、日清、日露の戦いに勝利して、少しずつ軍国主義へと傾き、国民の幸せを犠牲にする政治へと進み始めたのである。

キヨが出産した子どもの記録

キヨが産んだ十人の子を列挙すると次のようになる。

1　明治四十年　勲　長男
2　〃　四十二年　正雄　二男
3　〃　四十四年　市次　三男　夭逝
4　大正二年　ヨシエ　長女

5	〃 四年	實	四男	
6	〃 七年	フサエ	二女	
7	〃 九年	末男	五男	夭逝
8	〃 十一年	トクエ	三女	
9	〃 十五年	守	六男	
10	昭和四年	清	七男	

健康であったキヨは二十歳から四十五歳まで子どもを産んだ。子だくさんのようであるが、当時はこれが普通であった。医学や科学の進んでいないこの時代は、女性に出産能力のある間は生まれた。

子どもの成長は順次話すことにしたい。

井戸掘り

三島家は、水は、昔から豊富に湧き出す泉川《いがわ》から汲んできて使っていた。この湧き水や、川の水を利用する家が多かった。

亀田地区に井戸掘りの長次郎どんという人がいた。

ある日、その人が、家の近くを通っているのを見かけたキヨは、呼び止めて、

「長次郎どん、ここに井戸を掘ったら水が湧くじゃろか。みてくだらんか」

と、希望の所を示して尋ねたところ、長次郎どんは、屋敷の様子や裏の山、泉川の位置などを見ていたが、

「この下に水脈があり、水は泉川に湧き出ているようじゃ、水は必ず出る」

と、そのような話であった。

そうしてできた井戸は、キヨの三島家への貢献第一号となった。

夜なべ

トエに先立たれた祖父、常蔵は力を落とす気配も見せず、若い二人を鼓舞して、家業として続いているゴザやマブリの製作を怠らなかった。

夏の間に用意しておいたイチビを使って、線香くらいの太さの糸を大量につくる仕事である。細かく割った、二本のイチビを撚《よ》ってつくる。これはゴザの縦糸になるものである。

夕食が終わると九時ごろから始めて十二時ごろまで作業をする。できた糸を玉に巻いて

竈《かまど》の上につるして乾燥させる。土間の天井にはこの玉が賑やかに下がる。

この仕事は冬の農閑期の仕事である。そして、夏の間に用意しておいた、ゆ（イグサ）とともに、ゴザやマブリを製作する。

津倉にはゴザ作りをする家が数軒あり、技術を代々伝えた。田植え時の雨具、夏の寝ゴザとしてよく売れた。手間はかかるが副業としては良い収入になった。

キヨの哲学

キヨは口ぐせのように言っていた。

「商売は大儲けをしようとすれば失敗する。骨身を惜しまず、コツコツと稼ぎ貯めることだ。〈大取りより小取り〉、というからね」

塵も積もれば山となるの例えのごとく、毎日、商いに行き、小銭を稼ぐのを信条として実行した。キヨは着実に金を稼いでいった。

これが字を知らないキヨの、人生の経済哲学であった。

第三部　百花繚乱

一、家を新築する

できるだけ立派な家を

大正六年、キヨは家の新築の考えを、夫に話した。

「お父っさん、うちの家は古くなって、あちこち治さないといけない所があるけど、いっそ建て替えたらと思うけど、どう思いなるか。この家は、代吉お祖父さんの頃のもので、ボロボロだ。しかも狭い」

「キヨも苦労するね。それに、子どもたちが大きくなると、ますます困る。このへんで家の建て替えを考えるか。ところで、先立つものは金だ、工面ができるかな。お前の商いの金は、どのくらい貯まっているか」

「よくは数えていないが、二百五十円ぐらいはあると思うがな」

「おう。それだけあれば、大きな家が作れるがな。早速、親父に相談して取り掛かろう」

父親の常蔵も賛成で、話はトントン拍子で進んだ。しかもお金も百五十円ばかりはあるという。二人は、これなら思い切り立派な家が作れると、夢と希望に胸を膨らませた。

この年の暮までに手回しをして、先ず評判の大工を頼み、家の図面を引いてもらい、材木や資材の調達を始めた。

安右衛門、キヨにとっては人生最大の大仕事である。金の許す限り、立派な家を作りたい。これが夢であった。安右衛門の知恵と、父常蔵とキヨの資金で、次のように決まった。

資金　　三百五十円

敷地　　約四十五坪

床（高床）　約三尺三寸（一メートル）

屋根　　平屋　瓦葺き

柱　　ヒノキ（艶だしに蝋引き）

その他、土間の上は中二階（物置）、竈、味噌部屋

大工　　山本弥助どん

「キヨ、大工は飯塚地区の弥助どんじゃ。あちこちで、大きな家を作っているから安心しろ」

仕事始めは、大正七年一月からと決まった。

「完成は来年の春ごろの予定じゃ。みんな、隠居家に引っ越し、この家を壊さにゃならん。忙しくなるが、キヨたのむぞ。お父っさんも、怪我をせんごつ、頑張ってくだいよ」

安右衛門もキヨも新築のことで頭がいっぱいであった。

起工式

大正七年一月十五日に地鎮祭を行い、整地、資材の搬入が始まった。

根石は、一ツ瀬川に拾いに行き、馬車で運んだ。梁や根太の太い木は、自分の山から、カシ、シイ、マツ、スギなどを切り出した。柱になるヒノキ材は、那珂周辺に適当なものが無いと言って、棟梁の世話で、遠く尾鈴山から切り出した。

こうして集めた材を用途に合わせて、木挽き師《こびき》（ノコ挽き専門）が、大ノコを使って挽き割り、板や柱を粗挽きした。また、チョウナで枝や凸凹をはつり、粗仕上げをした。そして、最後はカンナやノミで仕上げをした。当時はまだ製材所が無いころで、みな手作業でやったから大変であった。

二月は朝六時ごろはまだ暗い、一番寒い季節で、周りは霜で真っ白である。キヨが外に出てみると、もう、木挽きどんたちが来て、たき火に当たりながら、仕事の話をしている。吐く息が白い。

「寒いのに、朝早くからご苦労さんです。お茶一杯飲んであったまってくだい」

こうしてお茶を一杯飲むと、もう、仕事にかかり、お昼まで作業を続ける。大きな木だとノコで二つに挽き割るのに一日も二日もかかる。とにかく手作業は時間を掛けたほどしか進まないから大変であった。

フサエの怪我

キヨは普請が始まると、一時も休む暇もなく駆け回った。それでも、暇を見つけては野菜を担いで佐土原の町に出かけた。昼頃帰って来ては、家族の飯の用意、大工さんへのお茶の世話、子どもの世話と忙しかった。

工事中、忙しいキヨは小さい子の子守は、上の勲や正雄に任せた。

ある日、正雄がフサエと遊んでいるうちに面白いことを考えた。その辺に落ちているスギの枝を拾い集めて、その上にフサエを座らせて、ソリのように引っ張り回した。フサエは面白がりキャッ、キャッと言って喜んだ。

ところが、正雄が急に引っ張ったので、フサエは後ろ向きに倒れて頭を地面にうちつけた。そこに石でもあったのか、頭から血が噴き出した。駆け付けたキヨは、

「正雄、フサエをカタワモンにしたが、どうすっとか」

と激しく叱った。すると、正雄はフサエを背負うと、自分で岩見堂の安藤医院に走って連れていった。キヨはフサエの怪我よりも、小学校四年生の正雄の行動にビックリした。

上棟式

家全体の切込みができると、いよいよ棟上げである。暑かった夏も過ぎようとする秋の吉日を選び上棟式となった。

この日は津倉らの男子は皆、動員され力仕事に精を出してもらった。

夕方近くには一番上の棟木が上がり、家の安全と繁栄を願いセング（お祝いの餅）が撒かれた。地区の女子どもたちも大勢集まり、大騒ぎで拾った。珍しく大きな家を見て、

「お寺んごたるね」

という人もいた。実際家が建ってみると、敷地の倍にも大きく見えたものである。

大工や、手伝いの人たちに祝いの酒や料理を出し、ひと時を賑やかに過ごしたが、夫々

に帰っていった。後には、今日建った家が残った。

キヨは家族が寝静まった後、外に出て見た。月の光の中に山のように立つ今日できたばかりの我が家が神々しく見え、思わず手を合わせた。

「神様、立派な家をありがとうございました。元気な限り精いっぱい働きますから、家族と、この家をお守りください」

キヨは自然に、感謝の言葉と自覚の誓いを口にしていた。

キセルを折るキヨ

家つくりは、骨組ができてからが大変である。人が住めるようにするには、大小さまざまな仕事が待っている。屋根ふき、壁塗り、床張り、羽目板張り、棚、踏み段造り、建具等と、手間のかかる仕事がたくさんある。

屋根瓦は平等寺の斉藤瓦屋に任せて、一式作ってもらった。屋根の棟瓦は五十センチメートルも高く積み上げ、両脇を鬼瓦でしっかりと押さえてある。屋根の四方は破風で反りを持ち宝舟の瓦で留めてある。見事な屋根である。

明治、大正時代頃には、若者も、男女を問わず、タバコを吸うのが流行っていた。キザミというタバコをキセルに詰めて火をつけて吸うのである。キヨも嗜《たしな》んでいたが、忙しい体で、何も手を抜けない事ばかりである。キヨは考えた。

「タバコは暇と金の損だ。タバコを止めよう。タバコを吸っていたら、家どまできん」と決心して、キセルを二つに「ぽきん」と折って捨ててしまった。キヨはそれ以後、キセルを手にしなかった。

落成式

大正八年三月、家の新築工事はすべて終わった。新装なった瓦葺きの家は御殿のようだった。

三段の踏み段を上がると五寸角の檜の柱が香り、蝋引きされた柱が、光って美しかった。子どもたちは広くなった我が家が嬉しくて走り回った。

安右衛門とキヨは世話になった人々を招いて賑やかに落成式を行った。

キヨは自分の夢が一つずつ実現していくのを、心ひそかに喜んだ。

父常蔵の不機嫌

常蔵は自分の時代に、このような大きくて立派な家ができて、大喜びであったが、一つ、気に入らないことがあった。

それは、息子、安右衛門が、新築記念に、柱時計を買ったことであった。

「安よむ、なんでこんな物を買うんだ。百姓は時計なんかいらん。お天道様に合わせて仕事をすればいい。大事なお金をこんなものに使ってもったいない」

「お父っさん、今は時間で動く時代になっちょるかい、どうしても時計が必要になってくる。この機会に買うたつじゃが」

どう説得しても父の機嫌はなおらなかった。

そんなひと幕もあったが、父常蔵も、大正八年の末、この世を去っていった。

二、日の出の三島家

農家の完成と子どもの誕生

家を建てたが父常蔵をなくした三島家では、農家としての営みが続けられ、二人の奮闘が続けられた。

大正九年には納屋を作り、下を作業場と馬小屋とし、上は藁《わら》と薪の置き場として使った。翌十年には堆肥小屋を作った。これで農家の三点セットが揃った。

子どもも増え、勲、正雄の下に、

ヨシエ（大正二年）

實（〃 四年）

フサエ（〃 七年）

末男（〃 九年）夭死《ようし》

トクエ（〃十一年）

が生まれた。十五を頭に八人の子どもができて、二人は幼くして亡くなったが、六人の子はまだ手のかかる最中で親の手助けにはならなかった。

二人三脚

キヨはそれでも商いをやめなかった。子どもたちを夫に頼み、朝のうちに佐土原まで一走りした。

安右衛門は朝暗いうちから起きて、竈の前に座り、飯を炊きながら草履《ぞうり》を作った。飯ができると、

「おーい、飯ができたぞ、起けんか」

と、大きな声でキヨを起こす。ぐっすり寝込んでいても、キヨはパッと跳び起きた。すると、子どもたちもぞろぞろと起きてくる。

「子どもたちは、まだ寝ちょらんか。おっ母さんはこれから町に行って来るかい、邪魔すんなよ」

子どもたちが、布団の中に入って外の様子を見ていると、柱時計が「ボーン、ボーン、

ボーン」と五つ鳴り、五時を知らせる。

キヨを町へ送り出した後、安右衛門は、馬のハミ（かいば）を切り、餌と水を与えて、家の周りをきれいに掃除をする。それから、子どもたちに朝飯を食わせて学校に行く準備をさせる。

勲が小学校高等科二年生、正雄が尋常科六年生、ヨシエが三年生。

「ヨシエ、着物を着たらここに座ってみよ。髪を梳《けず》ってやるかい、動くな。着物も、裾をチャンと揃えて帯を結ばんとおかしいぞ」

身づくろいの十分にできないヨシエの世話をしてくれる。これが毎朝の風景であった。キヨは十時頃には帰って来て、小さい子の世話をし、台所の片づけ、洗濯と仕事が待っていた。

団らん

冬の夜、囲炉裏の周りで暖を取りながら、灰の中に並べられた餅の焼けるのを待っている子どもたちの顔は楽しそうである。

畳半分ほどの広さの囲炉裏の周りは、子どもたちでぎっしりである。親父が、時どき灰の中に十個ばかり立てた餅を、火箸を使って裏返しにする。みんなの目は餅に集中する。

「もうちょっとじゃ、待っちょれよ」

實「俺のもちゃ、これ」

いちばんおおきいもちをさす。

勲「實は欲張りだから、いつも、いちばん大きいのをとる。俺は、二番目に大きいので
　好い」

正雄「俺は小さくていいから残り全部」

ヨシエがトクエを抱いてニコニコしてみている。

ゴトクの上の茶釜の湯がシュンシュンとなり、蒸気を噴出している。おっ母さんが、土間の方から顔を出し、

「釜の水は大丈夫か、水を入れちょこかい」

と言って、囲炉裏用の飯水から竹柄杓《ひしゃく》で三杯ばかり入れた。

「火も弱くなったが割り木をくべちょこ」

三本ばかり加えると、炎が上がり、あたりが明るくなる。

「餅が焼けたぞ。勲、おっ母さんから、ショウユをもろてこい。正雄はフサエの面倒を

見れよ。餅は小さく切ってやれよ。餅は小さいもんからだぞ」

と言いながら、焼けた餅の灰を手でポンポンと叩きはらいフサエに渡す。次は實。

「ほら、大きのが来たじゃねえか。よかったね」

次はトクエを抱いたヨシエに配り、後は自分で取らせる。

みんな、おいしそうに食べる。何と言っても、餅は一番のご馳走であるのだ。しかも田舎の丸餅は大きい。

「みんな、やけどすんなよ。良く噛んでから呑み込めよ。ヨシエ、子どもをこっちにやれ。乳を飲ませせんといかんが。おっ母さんも少しもらおかい。フサエの食べ残しでいいが」

お父っさんは、囲炉裏の上の棚から焼酎を取り出し、湯飲みで一杯グイと飲んで、一日の疲れをとった。實が急に、

「ナゾナゾ、塩水浴びて、日向ぼっこ。なーに」

ヨシエ「それは梅干し」

實「あたりー」

勲「上は大水、下は大火事。なーに」

キヨ「それは、囲炉裏の茶釜じゃろ」

勲「あたりー」

安よむ「今度は、むつかしいぞ。郵便配達とかけて、曲がった木ととく」

勲「それは、大きなタンコブ」

安よむ「なんでタンコブじゃ」

勲「郵便配達はいつも走って配達しているから、あわてて転んで曲がった木にぶつかり、コブをつくった。駄目か」

正雄「はしらにゃならんだ。これは、郵便配達の走るのと、曲がった木は柱にゃならんで、両方とも、はしらにゃならんだから」

安よむ「大当たり。正雄どうしてわかったか」

正雄「うちの家の柱を見て気が付いた」

安よむ「正雄、お前は先が楽しみじゃね」

こうして三島家の夜は更けていった。

おらび継ぎ

夜七時ごろ、突然声がして、

「おキヨさん、おキヨさん、おらび継ぎじゃど」

キヨは雨戸を開けて、

「シゲノさん、なんきゃのう」

と、道を隔てた暗闇の中を、キヨが大きな声で叫ぶと、

「あんな、あした集まりがあるげなど。六時に会場に集まってくだいて、言って来たど。わかったら、次に回してくだいよ」

「お父さん、聞きなったか。忘れんごつして、行きないよ。つぎは、おミセさんの家に知らせにゃいかんが」

おらび継ぎというのは、今の回覧板のような役目をしていた。「おらぶ」というのは、大きな声を出して叫ぶことで、字が書けない、読めない時代の連絡手段だったようだ。

日の出の三島家

二人はよく力を合わせて働いた。夜は必ず夜なべをした。安右衛門は、朝も早く起きて、ひと仕事もふた仕事もした。副業のゴザやマブリつくりも続け、ゆとりが出ると、田や畑を少しずつ買い増し、耕作地を広げた。

六人の子どもたちも、飢えや寒さにさらされることなく、普通に育っていった。キヨは、盆や正月の節季には町に行った帰りに、ヒゲコに正月用品、着物や履物、おもちゃなどをカゴいっぱい買って持ち帰ってきた。

キヨは夢にも思わなかった、晴れ晴れした気分になり、今が一番いい時に思えて、幸せであった。

家ができ、子ども十人も産み、暮らしも豊かになってきた。なんといっても勤勉で、優しい夫がそばにいて、毎日が楽しい。キヨにも花咲いたのだ。

正雄の丁稚《でっち》奉公

勲が小学校高等科二年生、正雄が尋常科六年生を卒業の時、次のような話が出てきた。

「お父っさん、勲も、正雄も小学校を卒業じゃが。勲は長男じゃかい、家の手伝いでもいいが、正雄は高等科に行かないで、何か早く職を身に付けた方がいいと思うが。ちょうど佐土原の下駄屋で小僧が欲しいと言っているが、そこはどうじゃろか」

キヨは自分がそうであったように、勉強よりも、早く自立して生活に困らぬような人間になってほしいと願ったのだ。

そうして、正雄は尋常科だけで学校をおわり、下駄屋へ奉公することになった。ところが、一年もしないうちに店が倒産してしまったので、家に帰ることになった。一年休んだ学校も、高等科二年生に編入させてもらい、高等科を卒業した。

不況の中で

日清、日露の戦いでたくさんの金を使いすぎた日本は第一次大戦後の不況の波にすっかり呑み込まれ、銀行の倒産や合併が相次ぎ、物の取引も低調となり、農村の金回りも悪くなり、農村を顧客とする佐土原の店などはどんどん倒産していった。

そのころ、生活の様式も変化が早く、下駄や草履は洋風の靴に変わっていく時代で、残念ながら、正雄の奉公は時代逆行であったとしか言えなかった。

正雄は小学校高等科を卒業すると佐土原や宮崎の酒屋に奉公に出たりしていたが、最後には、勲と同様に家で働くことになった。三島家は、働き手が四人になりよく作物もできた。三島家の米櫃《こめびつ》には、いつも精米した白米がいっぱい入っていた。

働き手が増えた三島家は農業も面白いように進んできた。キヨが商いに持っていく野菜も、地区の品評会では、いつも一、二等を取り、賞品に陶器の火鉢や燗瓶《かんびん》を貰ったが、それが何個もたまり、冬の酒席などには、座敷に並べられた。

社会的な発展としては大正九年に、県営乗合自動車が営業を始めた。佐土原方面も、宮崎から妻までのバス路線ができて便利になった。キヨの商いの道も、野久尾から佐土原一丁目まで平坦な新道となり、山道を通らなくてよくなり便利になった。

電気は、明治四十年に宮崎町で初めて電灯が点いてから、大正時代に入り、次第に県内に広がっていった。外国からの輸入品が多くなり綿や綿製品も、家で作らなくても、金さえ出せば手に入るようになった。

肥汲み

ある日キヨが、商いから帰って来て、

「正雄、町で肥《こえ》（人糞）を貰ろたが、汲みにいってくれんか」

と頼んだ。正雄は二つ返事で「いいが、行くよ」と気軽に返事すると、その辺にあった着物をひっ掛け、荒縄の帯で結び、荷車に肥桶を乗せて、佐土原へ向かった。

途中、商い帰りの女の子二人とすれ違った時、

「あん男ン子はバカんごつあるがね」

と、話しながら歩いているのが、少しあとから付いていくキヨの耳に入ってきた。

家に帰ると、早速キヨは、

「正雄、町に行くときはもう少し、きちんとしていかんと、人が馬鹿と思うよ」

「なあに、百姓はこれでいい、かまうもんか」と言って、かまわない。

正雄は、誰よりも仕事熱心で、当時の肥料である肥汲みに、片道十二キロもある宮崎までよく行った。特に、友達の藤原壽《とし》さんを誘い、一日に二回も荷車を引いて行ったという話は、正雄の自慢のひとつであった。仕事の難易を問わず、家のために働いた。

勲は総領の甚六というか、大事に扱われ、仕事にもあまり熱心ではなく、言いつけられてやっとするくらいであった。朝は若者の泊まり場の会席場（公民館）で、日が高く上がるまで寝ていて、正雄がいつも起こしに行った。

夏の暑い日の、田の草取りの頃などには、午睡で一休みすると、夕方までも寝ていて、涼しくなってから、ちょっと顔を出す程度だった。

貧乏人や障害者の悲劇

そのころ、農村には、たくさんの物もらいが巡って来ていた。修行僧もいたが、お坊さんをまねて鈴を鳴らしてお経らしきものを唱えるもの、子どもを連れて物乞いをする母子の姿も見受けられた。里ではこれらの人を、カンジンといったが、一日に四人も五人も回ってきた。

キヨもカンジン同様の苦しい経験があるので、彼らの気持ちがよくわかった。その度《たび》に、白米を小皿に入れてやった。

キヨは乞うことより、与えることの方が、どんなに幸せであるかと、つくづく思った。津倉地区でも貧乏する家は何軒かあった。たいてい親父や長男が怠け者で飲みつぶし、家、屋敷も失い、地区を出て行ったもの、残ってその日暮らしをしている人たちもあった。今のように、生活保護とか、医療制度はなく、皆、自分の力で生きていかなければならない時代であった。病気しても医者にもかかれず、苦しんで死ぬ人も多かったのである。

キヨは、商いの帰り、岩見堂のすこし先で、旅姿のイザリに逢《あ》った。両足とも、膝の下が無く、膝の先をタイヤで包み、履き物の代わりにして、宮崎の方向に歩いていった。みんな珍しくて見ているばかりだった。イザリはあたりを気にしながら何も言わずだまってイザっていった。

バスも走っているのに利用もしないで、よほど、何か事情があったのだろう。キヨはそ

の光景を見て胸が痛んだ。家に帰ると早速、

「お父っさん、今日はイザリを見たが、可哀そうじゃった。両足の膝下がないのに、一人で宮崎の方に歩いて行ったが、リヤカーでもあれば乗せてやりたい気がしたが哀れじゃった」

「この不景気じゃかい、みんな自分のことで精いっぱいじゃ。国も兵隊さんばっかり増やして、国民からは搾り取るばっかりで、こんなことになっとじゃ」

日本は昭和に入ると、度重なる戦争や事変で疲弊しているのに、列国と伍して軍事力を増強するのに懸命であった。国民の生活や人権は顧みられなかった。

特にまともに働けない心身障害者たちは憐《あわ》れであった。社会一般として、心身障害者を軽蔑し、虐待する傾向が強かった。

当時は蔑称の言葉にもいろいろあったが、これらの人たちは、自分の意思が伝わらない、体が動かないことで、邪魔にされ、いじめられ、人間としてまともに扱われない不条理に泣き、世間を恨んでこの世に生き、世を去っていったのである。

三、花開く三島家

模範農家

時代は大正から昭和へと変わっていった。大正十五年に六男の守が生まれ、昭和四年に七男の清が生まれた。その時、キヨは四十五歳だった。十人の子宝に恵まれ、二人は夭折したが八人の子どもは無事成長を続けた。両親を入れて十人の大所帯になった。

三島家は勲、正雄、實と、働き手が増え、作物もよくできた。台所仕事、洗濯、下の子の世話などは、ヨシエやフサエが、キヨに代わってやるようになった。

親は、左うちわで、ただ指示だけしていればよくなった。しかし、その反対に二人は仕事にますます精を出した。

米つくり、野菜つくり、養蚕、ゴザやマブリ作りに、佐土原への商いにと働いた。人もうらやむような模範農家に変わっていった。

夫婦愛

夫の安右衛門は、四十五だというのに頭がピカピカに禿《は》げ、いかにも老人らしい。

「お父っさん、頭が禿げてきて大分、目立つようになってきたが。子どもたちも面白がってツルッ禿のおじさんて言っているが。實のガキは、人ゴミの中で、お父ッさんを見付けるには、禿頭を探せばいいなんて言っている。やっぱり外に出るときは帽子をかぶった方がいいがな。私が商いで佐土原に行った時、見てくるわ」

「そうか、おかしいか。麦わら帽子でもいいが、俺も帽子を買うか」

そう言ってキヨの勧めで、今はやりの中折れ帽子を買ってきてもらった。

「お父っさん、この帽子は、よそから来た物で、ラシャという生地で作られているそうじゃ。高《たけ》かったが、買ってきた。似合うか、被ってみならんか。おー、お父っさん、いいがな。禿が隠れて若《わこ》うなったわ」

「似合うか、じゃあ、お前を連れて、バスに乗り宮崎にでも行くか」

二人は気分も若返り、明るい人生を楽しんだ。

キヨは、夫の身辺に気を使い、夏の日よけ兼禿隠しに、カンカン帽子を買った。それから、これは高価で、容易には買えないインバネス（マント）を買い着せた。

「お父っさん、着物の上にインバネスを掛けて、ハットを被ったら、どこかの役人か、お店の旦那さんにみえるがな」と言ってからかい、自分の貢献に満足していた。

事実、安右衛門は若い時から、津倉の算盤《そろばん》係や耕地整理の委員、区長などをそつなく務めてきており、信頼も厚かった。

キヨは今、立派な夫に恵まれ、大きな家を作り、子どもを十人も産み、衣食住にも困らず、精いっぱいに働くことができ、なんと幸せだろう。キヨにも人生の花が咲き始めたのを、感じ始めた。

かつて奉公時代、早春の寒い日、江原の田圃道で、仙吉叔父貴に、嫁に行ったらシャンシャン馬で、鵜戸さんに連れて行くと言われた時、絶対そんな日は来ない、キヨは一生、奉公で家のために働かねばならない身の上だと信じきっていた。こんな時代が来るとは夢のようであった。

前田家の人たち

キヨにとって一日も忘れられない生家の前田家の様子を書いておこう。

キヨの下の兄弟姉妹はそれぞれに良縁があって家を出ていった。奥右衛門だけが残って家を継いだ。小さい時、父に頭を叩かれて、どもりがひどくなっていたリヨも、最後には、安右衛門とフイノの夫寅袈裟の肝いりで嫁いで行った。

リヨ　広瀬村下那珂　長野家
フイノ　那珂村伊倉　関屋家
進　那珂村年居　図師家
竹次　那珂村伊倉　関屋家
ヨシ　広瀬村下那珂　佐藤家
ヨネ　那珂村年居　斉藤家

そして、母トラは大正十年三月、父の九十も妻を追うようにして逝ってしまった。そのとき前田家は家と屋敷しか残っていなかった。

厳しい父を持った兄弟は、生涯結びつきが強く助け合った。

愛宕様の夏祭り

「キヨ、今年ゃ、佐土原ん夏祭りに、行ってみるかね。去年は行けんかったが、江原の直次どんは、富くじを拾って、自転車を貰《もろ》うたちゅう話じゃが、うちも子牛でん拾いに行くか。ちょうど、田の草取りも、一番草が終わったところで、いい時じゃ」

「お父ッさん、近頃は日差しが強くなったかい、日よけに、この前、買《こ》うてきたカンカン帽子を被って行きないよ。暑さが違うど。子どもたちも、朝から行っちょるが」

佐土原町で有名な祭りのひとつに、愛宕神社の夏祭りがある。各町内からだんじり（太鼓台）が出て、若者たちが担ぎ、勇壮さを競い合う。上に乗った、四人の太鼓敲《たた》きが、

（ドデドン、ドデドン）と敲くと、担ぎ手が、大きな声で、

（サッサイ）と声を掛ける。

（ドデドン・サッサイ。ドデドン・サッサイ）

威勢のいいだんじりは町内を練り歩く。そのあとに町の華、芸者衆を乗せた屋台囃子が続く。三味線に太鼓が調和して良い雰囲気を作る。その間に、

（イヤハー）と芸者衆の嬌声が入る。

そして、これに見入る若者たちは、なじみの妓に声をかけ、夜の歓に思いをはせる。

町の辻では子牛の富札が撒かれるというので、今か今かと辻いっぱいに詰めかけた老若男女が、その時を待っている。

昭和の大恐慌

先に大正天皇が崩御され時代は昭和に変わっていた。

佐土原の夏祭りは大盛況であったが、この賑わいとは裏腹に、日本は不況の波に襲われていた。

昭和二年、東京の第十五銀行が、取り付けに休業したのをきっかけに、各地の銀行も次々と閉鎖していった。

第一次大戦の反動による不況と、大正十二年の関東大震災の影響で、我が国経済界は未曾有の恐慌にみまわれようとしていた。

佐土原の商工会もこの不況を乗り切ろうと、祭りに力を入れて客集めに努力しているようにみえた。だが、次第にさびしくなった。そして、のれんを下ろす店も出てきた。

世相は頽廃《たいはい》色に包まれ、遊興に走り破滅を招くものも出てきた。農村には、前にも増して物もらいの群れが増え、町の辻や祭りの沿道には、路上に坐って物乞う人の姿が多くみられるようになった。

昭和六年、軍部は満州事変を引き起こして戦争への道を歩き始めていたのである。

四、長男、次男の独立

勲の離農

昭和七年のある日、勲が突然、

「俺は巡査になる。巡査の試験を受けたら合格した。黙って受けて悪かったが、お父っさん許してくだいな」

「なんで相談せんかったのか、お前は長男じゃかい、家の農業を継がにゃいかんとじゃが。なんでそんな勝手をすっとか」

「おら、百姓は好かんかい、巡査になるのじゃ。折角合格したのに。巡査なりたい」

昭和の初めごろの巡査と言えば、田舎では権威があり、村では村長、校長、巡査の順に偉く見られた。

お父っさんもキヨも、一人ぐらい、家に役人がいてもいいかと考えて許すことにした。

無学のキヨは、県庁の役人や警察の人などは天上の人のように思っていたので、誇りにさえ感じた。

正雄の離農

ところが、翌年は正雄が挑戦してきた。

「兄さんが巡査の試験に合格するなら、俺だって通るはずだ」

と言って受験したら、上位合格してしまった。

正雄は次男だから、無理に百姓をさせておくわけにもいかず、三島家は二人も巡査ができてしまった。こうしてスタートした二人だったが、正雄は奇跡の出世をとげるのである。

昭和八年、三島家は二人も働き手を失い、その上、長女のヨシエも伊倉地区の関屋勇のもとに嫁ぎ、家は寂しくなった。

入れ代わり、實やフサエが小学校を卒業して、農業を手伝うようになった。

實は働き者で、しかも、器用で何でもできた。竹籠つくり、機械の修理、むしろ打ちと二人の兄に代わって働いた。

キヨは相変わらずヒゲコを担いで佐土原に商いに行った。行かぬと、頭が痛くなるというほど、習慣化していた。

久峰街道の改修（昭和八年）

昔から久峰観音に参拝する重要な道が三島家のわきを通っている。この道は、那珂村の岩見堂から、江原、津倉、新木を通り久峰観音に上がり、また下って広瀬村の袋谷に出る道である。

この道は田圃道のように狭く、しかも、山の裾に沿ってできた小道だった。これをなるべく直線にして、道幅を広くして、しかも、久峰観音に上がらず、下を自動車も通れるような道路にと、改修が始まった。

道幅を広げるので、道沿いの屋敷や田畑の一部を削り取り、しかも道を約一間ばかり下げて平らにした。三島家も幅二メートル、長さ二十メートルほどが削りとられた。道沿いには古木があったが、多くが切られ、うろのできたスダジイとカシ、ツバキ、梅が一本ずつ残った。

工事は二年ばかりかかったが、以前は歩きか馬でしか通れなかった道も、自動車が通れる便利な道になった。

前田家の兄弟会

前田家では毎年、旧暦の一月二日に江原の家で兄弟会を開いた。八人の兄弟姉妹が集まった。生家ほどなつかしく、おちつくところはない。みんなこの日を楽しみにして集まった。

キヨは長女で、幼い時から皆の世話をしてきた。それだけに親しまれ、頼りにされている。また、キヨは弟や妹が誰よりも可愛く感じているのであった。

昭和十年もみんなが集まった。手分けして作った料理を食べながら、出る話は、子どもの頃の思い出話、嫁ぎ先の家の事情、子育ての苦労話が弾む。兄弟たちは、貧乏して育ったにしては、ごく普通の家、または裕福な家に縁づいていた。

キヨ「おリヨ、子どもが二人もできてよかったね。子どもは、ちゃんと話すか」

リヨ「しん　ぱい　したが、ふ、　ふ　つうに、はなしができて、あ、　安心しているが、あね」

キヨ「それは良かったね。おヨネ、お前は、年居で一番という金持ちの家に嫁いだが、いやんべ（しあわせ）か」

ヨネ「子どもが多くて、贅沢《ぜいたく》どころか、苦労しちょる」
フイノ「俺が子どもんとき叱られて、泣きおったら、親父が『泣く子は家にゃ要らん。出て行け』と言って、雨戸を開けて、俺を抱えて、暗い外へ投げやった。あんときゃ、おじ（怖い）かったが、忘れもせん。それから、絶対泣かんごつした」
ヨシ「おじかったがね。親父がそばにきても、身震いがしたが」
進「すりょ（兄貴）。酒ばっかり呑んで、遊び歩いてばっかりいると、家も屋敷も失ってしまうぞ」
奥右衛門「まかしとけ。俺が牛馬の売り買いで、大金を儲けて蔵を建ててみせるから」
竹次「また、兄貴の大ぼらが始まった。酒が過ぎると、体痛めるかい、ほどほどにせにゃいかんど」
奥右衛門「わかった。わかった」
フイノ「姉、今年ゃ、霧島温泉は如何するか」
キヨ「みんなで、行かにゃ。あそこで一週間湯につかれば、田植えの疲れも取るるが。みんなで行こ」
フイノ「それじゃ、決まり。六月の田植え上がりだぞ、みんな」

麦秋

泉川《いがわ》の付近に出て見ると、田畑は色づき、黄色に染まっている。しばらく、佇《たたず》んでいると、「チーン、チーン、チーン」と鉄を打つ鋭い音が、麦畑の向こうから風に乗って流れてくる。続いて、「トッ、テン、カーン。トッ、テン、カーン」と連打の音が流れてくる。あれは内田地区の瀬戸山鍛冶屋の作業の音だ。鎌や、鍬を打ち直しているらしい。

ヒバリたちは囀りながら空高く舞い上がり、舞い下りたりして麦畑を駆け回り、子育てに忙しい。

キヨは、やがて始まる、麦刈りや田植えを思うと身の引き締まるのを覚えた。

田植え

麦刈りが終わったら息つく暇もなく、すぐに、田植えの準備である。

そのころ、田圃の用水路には、田池《たいぜ》の池の栓が抜かれ、水が勢いよく田圃に流れ込む。村は一気に活気づく。

男たちは、馬や牛を使って田おこし、代掻《しろか》きをする。女たちは二十センチメートルほどにも伸びた稲の苗取りをする。

準備ができると、早速田植えである。親せき、近所の人の応援を得て二、三日で植えてしまう。

手伝いの返しを入れると一週間ばかり田植えが続く。梅雨の雨の中、一日中、腰を曲げての田植えは、まことに重労働である。人も、牛馬も疲労困憊《こんぱい》する。終わって、二、三日は動けない感じである。

しかし、見渡す限りの水田に緑の早苗が波を打ち、今年の豊作に希望を持たせてくれる。

キヨは、悪い米や麦、粟《あわ》、大豆など雑穀を、大きな鍋でコトコトと煮て、馬にやる。

「馬さんや、田植え、ご苦労さんじゃった。これを食って、疲れ治せよ」

と言って餌箱に入れ、二、三日食わせるのも毎年の仕事として忘れなかった。馬は、めったにないご馳走を尻尾を振りながら、美味そうに食べる。

さのぼり（田植え後の慰労会）

「おらび継ぎが回ってきたど、おキヨさん。七月五日はさのぼりじゃげなど。準備をしておいてくだいと」

隣のシゲノさんところから声がかかってきた。
安よむ「さのぼりか。一杯やらんと田植えのだれ（疲れ）が取れんが。この日を楽しみに待っていたのだよ」
キヨ「男子は、飲むことばかり考えていいもんじゃ」
七月五日、地区が三会場に分かれて賑やかに、さのぼりの会が催された。
家族全員参加、一軒にお膳山盛りの平たいあんころ餅が出る。それを各戸持ち寄りの惣《そう》菜《ざい》等を副《そ》えて食べる。
大人たちは、煮物などを肴に焼酎を酌み交わして、楽しく話し合う。
厚「今年の秋は豊年満作で、暮らしが楽になると良いがな。去年は台風で半分しか採れんかったからな。麦の飯と、から芋ばかりでは力が出らんが」
政義「まあ、厚、飲め。ことしゃ大丈夫じゃかい。前祝じゃ。お前んとこん納屋にゃ、入りきらんごつ米が取れるかい。そう思わんといかん」
弥助「そうじゃ、そうじゃ。ところで、安よむどん、お前んところは、二人も巡査になって珍しいのう」
安よむ「百姓を嫌うて出てしもたが、働き手がいなくなって困っちょる。親は、いつまでも苦労せにゃならぬが」
伊織「なあに、お前ん方にゃ、實にフサエと若手がおるがな」
正義「計美どん、一ツ瀬川のボラ捕りゃ今がいい時らしいが、一度連れて行きならんか」
計美「行こかいね」
壽「あー、いくろた（酔うた）。焼酎が効いた。やっぱり、仲間と飲むと焼酎がうめ（うまい）わい」
飲みながら、とりとめもない話をしているが、親睦と連携を深め、情報交換の場となっているのである。
キヨ「實、さのぼりのあんころ餅を、田植えの手伝いに来てくれた家に届けてくれんか。下村のおイナさんと藤市さん、それに伊倉のヨシエの三人じゃが。ひとはしりしてくれんか」
實は、買いたての自転車で元気よく出かけて行った。

キヨの健康法

「お父っさん、おら、そろで（捻挫）が起きたごたる。田植えが終わったら治るかと思っていたが、まだ、右手首がいたい。包丁を持っても、力が入らぬが」

「そりゃいかんが、田植えでは無理するからね。八反分の苗取りをしたり、毎日の田植えでやられたか。それは早く手当せんといかんど」

「こんな時は、わしにはエツ（お灸）が一番いいごたるが。行き付けの野久尾にある吉原治療院に行ってくるわ」

そう言って、キヨは朝のうちに出掛けた。いつも重い荷物を担ぎ佐土原に通ったが、時々肩や腰を痛めた。そんなときは、お灸で治した。

治療院でお灸をすえてもらい、後は家で家族の者に、毎日やってもらい、治せばいいのである。

キヨは田植え、稲刈りなど重労働の後は必ず、按摩や、温泉に行き養生をした。小さい体でよく働き、体を壊して入院するようなことはなかった。

五、霧島温泉旅行

前田家姉妹五人の保養

伊倉のフイノから、霧島温泉行きの話があり、前田の姉妹で湯治に行くことになった。七月十日から六日間。食料持参で、広瀬駅に七時集合。

参加者は、キヨ、リヨ、フイノ、ヨシ、ヨネの五人。

遠慮の要らない姉妹五人、久しぶりの旅行に晴れ晴れとした気分で出発した。日豊本線の広瀬駅から霧島神宮駅まで汽車に乗り、そこからバスで霧島温泉下の終点まで乗り、坂を少し上ったところが、目的の霧島温泉である。

宿に着くと、顔なじみの主人が、キヨたちを機嫌よく迎えてくれた。

キヨ「また今年も来ましたが、宜しく頼みます。今年ゃ姉妹五人できました」

主人「それは、それは、結構なことで、それじゃ五人一緒の中部屋にしましょ」

案内されて部屋に着くと、さっそく、
キヨ「皆んな、風呂に行こう。折角、養生に来たつじゃけん、一日に五回は入らんといかんど」
フイノ「おヨシやおヨネは今までに、こめつ（赤ん坊）がおったかい、来れんかったけん。ここん湯は、疲れや足腰の痛みに効くちゅう話じゃ」
リヨ「リヨは、ここに来るようになってからは、体が丈夫になったごたる」
キヨ「おれも、手がソロデになって治療中でちょうどいかった」
ヨネ「いい湯じゃ。田植えん疲れも取れるごたるね。湯に浸かっている人は、みんな湯治客かね」
キヨ「鹿児島、宮崎からの客が一番多いようじゃ。鹿児島ん人は薩摩弁じゃかいすぐ分かるが。みんな湯治客だよ。旅行客は、上にある林田温泉に行くから、ここにゃ泊まらん。ここはみんな仲間じゃ。炊事場も便所も共同じゃかい、すぐ慣れるよ。そうじゃ、炊事はみんなでするか」
ヨシ「飯の世話は若いのに任せとけ。ね、おヨネ。姉たちには、小さい時、随分と世話になっているのだから」

フイノ「そうじゃ、おヨシは偉い」

こうして始まった湯治生活は家庭での、煩わしさから解放され、ただ湯に浸かってればよいのである。皆、養生にきたと考えて、せっせと入った。

入浴は、はた目には楽なように見えるが、単純で根気のいる仕事である。誰いうとなく、気晴らしに山に登ってみようということになった。

ハイキング（新燃岳）

キヨ「温泉の主人の話では、新燃岳あたりが手ごろだろうとの話だった。林田温泉の横を通り、登山道に沿ってどんどん登れば新燃岳に上がるそうじゃ」

一行は握り飯を腰に、出発した。林田温泉を右に見てどんどん進むと、大きな木の生えた森に入った。モミ、ツガ、カヤ、スギなどの高山の樹木が、昼なお暗く生い茂っている。斧を知らない原生林は、自然のままで、大きな風倒木があちこち倒れ朽ちている。じめじめした樹林帯を一時間ほども上ると潅木地帯に出た。

ヨネ「わー新燃に来たぞ。嬉しい」

キヨ「もう少し行かんと頂上にゃ着かんど」

リヨ「姉、リヨは、もう歩けんごたる。少し休まんか」
キヨ「そうか。リヨは体が弱かったね。みんな、一休みじゃ」
新燃岳の向こうに韓国岳が顔をのぞかせている。はるか、東の方には高千穂峰が見えている。
ヨシ「あら、これはツツジじゃねえか」
フイノ「そうよ。これが有名なミヤマツツジて言うのだよ。この辺一帯みなミヤマツツジだ。蕾がいっぱいついているだろ。うち辺のヤマツツジより、高い所だから、遅く咲くんだよ」
ヨネ「一回見てみたいもんじゃね」
新燃岳の後ろには韓国岳が顔をのぞかせている。はるか東の方には高千穂峰が、美しい姿を見せている。
キヨ「新燃岳の頂上まで、あとちょっとだ。頑張っていこう。リヨ、大丈夫か。きつい時は、おヨシやおヨネに引っ張ってもらえよ」
こうして急坂を上ること一時間。頂上に着くと、そこには素晴らしい景色が待っていた。広い高原には、昔噴火した火口の跡があっちにも、こっちにも丸い輪郭を残している。眼下には火口に水をためた大浪池が蒼い色して、不気味に静まり返っている。錦江湾には、でーんと座り、噴煙を上げている桜島がそびえている。

ヨネ「へーえ、驚いた。霧島は、こんげ景色の良い所とは思わんかった」

ヨシ「桜島ん隣に、ドングリを逆さにしたような山は何じゃろかい」

フイノ「あれはね、開聞岳ちゅう山じゃげな。面白いかっこ、しちょが」

ヨシ「ここに、新燃岳頂上、一三九五メートルて書いてあるが、ここじゃ韓国岳が一番高けごたるね」

ヨネ「ここでも十分霧島山を堪能できたが。よかった」

一同は雄大な景色を眺めながら握り飯を頬張った。おかずは味噌漬けだが、有名なトビウオの干物が食欲をそそった。天気はいいし、暑いが気が晴ればれとして、田植えの苦労など忘れてしまっていた。

フイノ「このミヤマツツジは珍しいかい、小さいのを二、三本掘っていこかい」

フイノが掘り出すと、皆が、いい苗を見つけて掘り出した。それぞれに掘ったツツジは、だいじにふろしきやふくろに包み背中につけた。

リヨ「これはいい記念になるわい。おれは、またこれるかどうかしれぬからね」

キヨ「まだ、何回も来にゃ、おリヨ。遅くならぬうちに帰ろうか」
一同は韓国岳に見送られながら山を下り始めた。途中急な坂の所は、リヨの足元が危ないのでヨネとヨシが交代で付き添い腕を取って助けた。

激しい怒声

森に入るとひんやりとして汗も引きそうである。一休みしているところに、下から、男の人が一人登ってきた。
男の人「お前さんたちは、どこまで行きましたか」
キヨ「新燃岳まで上がりました」
男の人「まさかあそこでミヤマツツジは採ってないだろね」
キヨ「何も採りませんでしたが」
男の人「ミヤマツツジは国の天然記念物で、勝手に採ってはいけない植物だ。俺はその監視員をしている。荷物を見せてもらう」
キヨの風呂敷からツツジの頭が、ちらちらと見えている。
監視員「これはツツジじゃないか。なんで嘘を言うのか。元の所に埋めて来い」

キヨ「落ちていたのを拾ってきましたが」
監視員「バカ。なんでツツジが落ちてるもんか。ここで待っているから早く元の所に植えて来い。それとも罰金を払うか」
リヨは、ぶるぶる震えながら、次は自分かと、この場面を見ていた。キヨは進退窮まり、もう一度頼んでみた。
キヨ「私どもは、宮崎の佐土原から来ましたが、ツツジがそんなん大切なもんとは知りませんでした。みんな百姓で貧乏な暮らしをしています。罰金を取られると、旅館代も、帰りの汽車賃もなくなります。これからは決してこんなことはしませんから許してください」
監視員「他の者は持ってないな。今回は許してやるから二度とするな。ツツジはここに置いて行け」
やっと許してもらい、一同は這うようにして下山し、旅館に帰った。
リヨ「おじ（怖い）かったね。一時はどうなるかと思って体が震えたが」
ヨネ「みんな、見えんごつ上手に包んでいたか、見つからなくて良かったね」
ヨシ「旅館の人にも見せんようにせにゃいかんわね」

一同は、疲れた体を湯ぶねに沈めた。ケヤキの厚い木枠に、頭を持たせ目をつぶってい
ると、体の芯まで温まり、疲れが取れる感じである。
フイノ「姉、今日は悪かったね。おれがツツジ取りを始めたかい、こんなことになって。
あの管理員の奴、こちが女ばかりと思って、威張り腐って、大きな声でしかったりし
て、憎らしい」
キヨ「気にするな、今日のことはいい思い出になるが。なんといっても今日の湯は一番
いいが、疲れがみんな、とれていく気がする」
七月十六日、今日は家に帰る日である。午前中、風呂に入り、昼頃のバスで霧島神宮駅
に向かった。広瀬駅では次回を約束して、夫々家路についた。
姉妹五人そろって湯治とはいえ、良い旅行である。キヨは妹たちが元気で子どもを育て
主婦として明るく振る舞っているのをみると、小さい時の貧乏な暮らしの面影のないのが
嬉しかった。

長男、勲の結婚

勲は巡査になると、妻警察署管内の東米良駐在所に勤務することになった。そして、結

婚適齢期であった勲は、紹介する人があって、広瀬村の日高家の長女、しづと見合い結婚をした。嫡男の嫁取りというので結婚式は盛大におこなわれた。

新婚生活は米良の山中で不自由であったろうが、二人で力を合わせて生活をした。勤務成績もよく、三年目には巡査部長になり、やがて警部補に昇進した。

弟の正雄は小林警察署管内の須木村駐在所勤務となり、二人とも山奥の駐在所の巡査となった。交通機関も無く、どちらも、数時間かけて、本署に行かねばならなかった。やがて正雄も警部補になった。

百姓家から、二人も警察の幹部が出て来て嘘のような話であった。安右衛門もキヨも長男が家に居ないことで多少心配はあったが、二人の将来を楽しみにした。

三島家全盛時代

家では實とフサエが働き手となって両親を助けた。

特に實は器用で機械いじり、ものつくりに長けていた。道具の修理、竹細工、むしろ打ちなど、人の二倍もの速さでやってのけた。

当時、むしろは米や千切り大根などを入れるのに貴重な俵の素材であった。一日に、むしろ打ち機械で、二十枚ばかり打ち下ろした。下の道を通る人が、音の速さに驚き、立ち止まって耳を澄ましたほどだった。

家族元気でよく働き、金取りもよくしたので、生活も楽になっていった。

憩いの、ひと時

父と實は夕食後、開け放された北側の縁側で、タバコを吸いながら話をしている。近くの田圃ではカエルたちが大騒ぎをしているのが聞こえてくる。蛍が時どき、家の中に舞い込み、一回りして外に出て行く。

父がキセルをポンと火鉢に当て、灰を出し、

父「實、田の草も、機械どりは今日で終わりじゃ。二週間もしたら手で草取りじゃ。そんときゃ、むしろ打ちを止めて一緒に草取りをせんやいかんど」

實「むしろも、大分たまったかい、だいじょうぶじゃが」

父「實、国民精神総動員て、何じゃろかね。この前、役場の前で張り紙を見たけどね」

實「なんのことじゃろかい」

父「また、戦争のことじゃろかね」

二人は、こんな話をしながら、一日の疲れをいやしている。山の向こうでは、音もなく雷光だけがピカピカと北の空で光っている。

軍靴の足音

日本は、大正末期から昭和のはじめにかけ不況のドン底にあった。米や絹糸の輸出は不振となり、品物の取引は停滞し、銀行の合併や倒産が相次いだ。農村の小作争議も頻発した。

こんな中にあって日本は、満州事変、上海事変、盧溝橋事件と、相次いで大陸にかかわっていった。徴兵制度も、平時は甲種合格者のみしか採らない兵隊を丙種合格者まで採るようになった。こうして日本は、戦争への道を歩き始めていたのである。

第四部　嵐

一、軍靴と夫の病気

離散する三島家

あれほど、賑やかで何事も思い通りに進んでいた三島家にも、世相の波は、遠慮なく打ち寄せてきた。

二女のフサエは、都於郡村に嫁いで行き、三女のトクエは伊倉の関屋寅袈裟・フイノ夫婦の、養女になり、貰われていった。

家に残ったのは両親に、實と小学生の守と清の五人となった。實は唯一の働き手となり、両親を助けていた。

實は相変わらず、むしろ打ちに専念していた。ある日、何を思ったか、
實「このむしろ打ち機械で、ゴザを打ってやるが、これなら一人で一日に二十枚はできるが」

キヨ「實、何を馬鹿を言うか、藁とゆ（イグサ）では太さも違うし、幅も違うし造りが違うかい、できるもんか」

實は、むしろ打ち機械を、バラバラに分解し、町から針金や鉄棒を買ってきて、何やらカチャカチャやっていたが三日ほどでマブリ打ち機械に改造してしまった。

實「おっ母さん、でき上がったが、今試し打ちしてみるかい、見ちょらいよ」

キヨ「一人でマブリが打てたら不思議じゃが、お父っさんも呼んでこんか」

軽量化された機械は實の足と手の操作もよろしく、マブリが三十分ばかりででき上がった。二人で、二時間もかかる仕事を一人で、しかも短時間でやってしまう早業に、二人はびっくりした。

安よむ「これからマブリやゴザ作りは、實に頼もうぞ」

好奇心が強くて器用な實は、なんにでも挑戦した。竹細工、藁細工、木工などよくやった。ある時は琴に魅せられて、よその琴を手本にして、琴を作ったこともあった。

野良の仕事がない時は、安よむは縄ない、實はムシロ打ち、キヨは野菜売りと、家族が少ないながらもよく働いた。

實の結婚話と家庭騒動

ある日のこと、下の道を通り掛かった薬屋が、實のむしろ打ちの速いことに驚き、上にあがって来て見ていたが、

「あんた、器用な方ですな。よその人と比べると二倍も速いですが。家の人も喜んでいるでしょ。ただ、働くばかりでなく、楽しみも持ちなさいよ。三味線を稽古してみならんか。あんたなら上達が早いでしょう。先生に若い綺麗な娘を紹介しますよ」と、話し掛けた。

毎日、藁を相手に潤いのない仕事をしている實は、早く、年頃のきれいな先生に会ってみたくなった。教えられるままに、佐土原新町に行き、三味線を習うことになった。

その先生の美しさと艶《なま》めかしさに、すっかり虜《とりこ》になってしまった。實は毎晩のように熱心に通った。そして、いつしか離れられない間柄になってしまった。

大寒も過ぎて、もうすぐ春がやってきそうな宵の口、親父が囲炉裏端でキセルの掃除をしているところへ實がやってきて、結婚の話を始めた。

實「おれは結婚しようと思っているが、いいかな」

安よむ「お前もよく働いてくれた。この辺で所帯を持って身を固めるのもいいぞ、いい女がいるか」

實「相手は、いま習っている三味線の先生で、好きになって結婚をしたいと思うようになった」

安よむ「えー、實、そりゃいかん、百姓が町の人間と一緒になったら、百姓はやっていけぬぞ。よく考えてみらんか。津倉や新木に、いくらでも女の子はいるがね」

實「みんなブスばかりで好きなのはおらん」

安よむ「器量はすこし悪くても、丈夫で、よく働く女は家の宝だぞ」

實「それでん、気に入る女はおらんもん」

台所にいたキヨも、嫁とりの大事な話を聞きつけてやって来た。

キヨ「實、お父っさんは、お前のことを考えて話されているんだぞ、よく聞けよ。井上に、アイノさんて、おれの友がいるが、そこにいい娘がいて、器量もいいし、よく働くが、あの娘ならいいがな。一度会ってみないか。その気があれば、都合を聞いてみるが。おれが子どもの時に佐土原に一緒に商売に行った仲間だよ。親はいい人だよ」

實「俺は、もう決めているかい、そんな余計なことはいらん」

安よむ「實、親の言うことも聞け。お前の気に入るような嫁女を探してやるが」

キヨ「實、お父っさんの言いなるごつ、聞いてくれんか。悪いことは言わんが」

實「さっきから、もう決めてるて言うてるがな。人を勝手に産んでおきながら、今度は親の言うことを聞けか、勝手すぎる」

安よむ「なに、親に向かってなんていうことを言うか。お前みたいなのはこの家におらんでもいい」

言うなり、割り木（まき）を持って、實の背中を力いっぱい叩き始めた。腹ばいになったままの實は、動こうともしない。危機を感じたキヨは、いきなり實の上に覆いかぶさりかばった。同時に安よむの振り下ろした割り木が、キヨの肩を激しく打った。

「痛ーい。實、早よ、逃げんか。殺されるが」

實は母の悲鳴を聞いて、やっと飛び起きて、外に飛び出して行った。

「實は勘当じゃ。親に心配ばかりかけて、言っていいことと悪いことがあるわい」

父の怒りは収まらなかった。日頃、子どもに優しく、手など上げたこともない安よむであったが、今日は違っていた。病も長引き精神的にも不安定になっていたのかもしれない。

三月、梅の花が咲くころ、實は、身のまわりの物を持って、馬車に、むしろ打ち機械と、僅かばかりの藁を積んで出て行った。小学五年生の守が泣きながら〈兄ちゃん行かないで〉と言って付いてきた。そして津倉と江原との境、岩崩れのところで立ち止まり見送った。

實は新妻の梅子と所帯を持ち、佐土原の町外れで生活を始めた。

軍馬の召集令状

九月のある日、那珂村役場の吏員さんがきて、

「三島さんのところの馬に召集令状ですよ」

と言って、紙を渡していった。働き手の息子がいなくなって、労働力が足りなくなっている上、馬まで取られては、農家はお手上げである。急きょ牛を購入して間に合わせる家が増えた。

三島家は安よむとキヨ二人で馬の代わりまで働き、体に疲労がたまっていった。

ある時、昼飯に帰った安よむが、莚《むしろ》の上に腹ばいになり、

「守、俺の背中を踏んでくれんか。背中が痛いわい」

と言って、踏ませた。しばらく踏んでやめたが、痛みは止まらなかった。それでも野良

に出かけて行った。

その夜は腹まで痛くなり苦しんだ。

安よむの発病とキヨの必死の願い

安よむ「一晩寝れば治ると思ったが、腹がひどく痛くなり、眠れんかったが。やっぱり、胃がひどくなったのかもしれん。このままでは仕事も出けん、困ったもんじゃ」

キヨ「胃散を長く飲みなったが、効かんようになったろか。一度医者に診てもらわんと心配じゃが、今日宮崎にいきならんか」

二人は仕事を休み、出かけて行った。県病院で診てもらったら、胃潰瘍と診断された。悪性の潰瘍があるかもしれんから、入院して検査をするように言われ、安よむは、あわただしく入院することになった。

予想もしなかった夫の病気の重大さにキヨは動転して、足も地に着かぬ思いで一人家に帰った。

キヨは夜、眠れぬままにいろいろ考えた。乞食のような私を苦境から拾い上げてくれた、仏様のような、たった一人の男性である。今度は、私が助ける番だ。キヨはどんなことをしても、夫を助けようと強く心に決めた。

科学を知らないキヨは、神仏にすがり、なおしてもらいたいと必死に駆け回った。

門川に良い水神様があり、何事もよく当たるというので早速お参りに行った。お告げでは、何か体内に、悪いものが入り込んでいる。この水神様の水を飲ませなさいと言って、一升瓶に入った水をくれた。

次に行ったのが、子どものころ岡本さんとお参りした児原稲荷様だった。思えば、あの時は怖いこともあったが、お参りしてからキヨの運勢が開けてきたような気がしてならない。神の力を信じ、夫の病が早く平癒するように深くお祈りして帰った。

安よむの病状は、一月もすると、痛みもとれて顔色もよくなり、食欲も出てきて、治ったようになり、一時退院となった。ただ、胃に腫瘍があるので、痛くなったら来るようにと言われた。

霊媒者のお告げ

家で療養するようになり、過ごしていると、安よむの姉のイナが、見舞いに来てくれた。
イナ「安よむ、あんべ（病気）はどうか。早く元気にならんといかんが」

安よむ「姉が来てくれると病気が治るごつあるわい。大分よくなって、気分がいいが」
イナ「岩見堂に、おワカ饅頭《まんじゅう》ができていたから買ってきた。食べて元気を出せよ」
キヨ「おイナさん、あんたの隣のユキノさんは霊媒者で、死者と話ができるそうじゃが。一度頼んでみようと思っているが、どうじゃろか」
イナ「毎日のように出かけているが、聞いてみますわ」
ユキノさんは三日後に、おイナさんとやって来た。
キヨ「私の夫、三島安右衛門が胃の病気で苦しんでいますが、何か祟《たた》りがあるのか、視てもらいたいです」
巫女姿になったユキノさんは、まず三島の屋敷を一回りして、なにか一心に祈り始めた。地面に倒れ、頭を抱えて、痛い、痛いと言って転げまわり始めた。やがて起き上がると、頭を抱えて氏神様のある方へ進んでいった。そこには傾きかけた社が立っており、中にはご神体とおぼしき石が三個、横たわっている。丸い石を見て取り上げ、抱くようにしてから一つずつ立て直し、そしてこんなことを言い出した。
「わしの頭を反対に立てるな。さかさまは頭が痛い。ここは藪で西風が寒い。元の所へ早く戻しておくれ」

ユキノさんはそういうと、生気に戻った。もう、何を聞いても霊媒中のことは一切覚えていなかった。

安よむ「そういえば、大正八年に家を作った時、家地を広げるため、あの塚をつぶしたのが、いけなかったかな。塚は〈クネ〉と呼んでいたが、高さ一メートルばかりの小山があり、上に、さっきの石が載っていた。クネを崩した時、中からたくさんの古銭が出てきた。最近まで、神棚に、紐でつないで置いてあったが、真鍮供出で軍に出してしまった。遺骨こそ出なかったが、確かにいわれのあるクネであった。古銭から見て、江戸時代頃のものと思ったがね」

安よむもキヨも、自分らの軽率を反省し、元の所に塚を造り、お宮を移して、丁寧にお詣りをはじめた。

特にキヨは、ご先祖様がここにおられるものと信じ、毎日お参りして、夫の一日も早い平癒をお願いした。

在郷軍人に召集令状

昭和十三年になると、日支事変（日中戦争）は本格的な戦争となり、日本軍は北支、中支へと軍を進めた。

在郷軍人にも次々と召集令状が来て戦場に立たされた。

津倉では、四月、三島俊一さんが一番先に出征した。年は既に三十四歳の中年である。この後も、岩崎鉄美、岩崎政市、河崎正宣、三島寅雄、河崎有光の中年の各氏が呼び出されて、軍役についた。

そして、最初に戦死したのは、三島俊一さんであった。四月に召集を受けて入隊した俊一さんは、武漢三鎮の一つ、漢口攻略作戦に参加した。勇敢で豪快な性格だった俊一さんは、敵陣めがけて一番先に駆けたのであろう。立派な、愛国の勇士であった。入隊六か月目の戦死であった。

四月には、歓呼の声に送られて出て行った俊一さんだったが、十月には無言の帰還となった。家には、老母、妻、子ども五人が残った。

この無情な戦争の現実を皆、同情し涙した。このような悲劇は、この地域だけでなく、日本中あちこちで起こった。

日本は今や、人畜、物資ともに国に引き上げられて、戦争一色に変わり、大きな嵐が吹き始めたのである。

二、夫の死

キヨの悲願

キヨにとって寝ても覚めても頭から離れないのは、夫の病気を治し、元気になって前のように暮らしたいということであった。

今までいろいろとやってみたが、よくなるどころか悪くなるばかりで、心の晴れる日はなかった。

五郎神社に日参して、安よむの病気平癒の祈願をしてみようと決心した。五郎様は家から十分ほどの岩見堂の所にある。

キヨは暗いうちに起きて、井戸の水を汲み、榊《さかき》を持ってお参りを始めた。

「どうか、三島安右衛門の病気が治りますように力を与えてください。三島安右衛門の病気を治してください。……」

キヨの祈願は毎朝続けられた。暗いうちにお参りをして、家に帰って子どもたちを学校に出し、それから病人の身の回りの世話をし、田畑の仕事をする日が続いた。
しかし、キヨの願いも空しく、安よむは日に日に弱っていった。

前田家の新年会

昭和十四年二月、旧暦正月一日に、前田家では毎年の兄弟姉妹による新年会を開いた。江原の生家は長男の奥右衛門が亡くなっていたので、会場は回り持ちになっていた。この年は会場が、一番末の関屋竹次の所に決まっていた。

ところが、その朝になって、病人の安よむが、どうしても会場を、うちにしてくれと言い出した。急遽《きゅうきょ》連絡を取り会場を三島家に変更した。

一番に来たのが関屋寅袈裟とフイノ夫婦だった。安よむとは大の仲良しで気が合っていた。

寅袈裟「すりょ（兄貴）、病気の具合いはどうか」

安よむ「もう少しで起きられそうじゃ。お前に会うのを楽しみにしていたが、ようきてくれた」

同時に、竹次とハツ子が今日の惣菜類を持ってきた。次々と兄弟夫婦が集まって来た。

・一番下の妹のヨネと夫の斉藤作右衛門。

・言葉が不自由なリヨと長野金右衛門。

・四女のヨシと佐藤定右衛門。

・三男の図師進とステノ。

・前田奥右衛門と妻のイトエが最後に来た。

これで前田家兄弟姉妹、八組の夫婦がそろった。それぞれに挨拶をかわし、いっぺんに賑やかになり、正月らしい明るい雰囲気が漂った。

安よむも、みんなと会えて嬉しそうである。

一同は今日の宴会の準備にとりかかった。戦時中ですでに物資もなくなり、なんとか、持ち寄りで間に合わせた。

安右衛門の死

キヨは急に会場となったので、道具や食器、調味料などをそろえるのに忙しかった。夢中で仕事をしていると夫が呼んだ。

安よむ「キヨいっとき、ここに座っておれ。えらい疲れたわい。お前がそばにおると、気が楽になるが」
キヨ「今日はたくさんの人と会いなったから、疲れなったじゃろ」
安よむ「みんなに会えてよかった。キヨ、俺はお前と一緒になり、よかった。お前のおかげで家もできたし、田畑も増えた。元気な子どももたくさん産んでくれた。いい人生だった。お前は観音様じゃ。ありがとう」
キヨ「キヨもお父っさんみたいな、やさしい人と夫婦になれて、夢みたいに幸せじゃがな。お父っさん、まだこんな話は早いが」
安よむ「勲や正雄がどんげなるか、も少し、この世にいてみたいが、もう俺は駄目じゃごたる。キヨ、俺の手を握っておれ。離すなよ。俺は先に行くが、お前も早く来いよ」
キヨとつないだ手の力が緩むと同時に息をひきとった。
安右衛門はキヨに看取られ、あの世へと旅立っていった。キヨには身を切られるような別れであった。
安右衛門は、享年五十四歳で、今でこそ若い年に思えるが、当時は人生五十年といわれた時代だったので、人生を全うしたといえるのであるが、キヨは後家となり、独り荒れ狂う時代と三島家の大嵐の中を男に交じり生きていかねばならなかった。

一人で田の草を取る

キヨは夫を失い、悲嘆にくれてばかりはいられない。農家は、米作りが大事な仕事である。やがて、五月の田植えである。女一人ではどうにもならない。米作りを、今までの半分にして頑張った。

忙しい田植え、稲刈り時期には、馬仕事など男手を必要とする。それでも、キヨはひたすら米作りに精をだした。

機械化の進んでいない昔は、すべて手作業である。中でも過酷なのは田の草取りであった。キヨは四反の田圃の草取りを一人で、毎日毎日やった。普通、田の草取りは三回やる。二回までは手押し式の簡単な機械で取る。これが終わると、手取りである。草丈が膝の付近くらいに伸びた中を、中腰で地面をかき回し、機械で取り残した草を一本一本取るのである。しかも、七月、八月の一番暑い時である。汗は吹き出し目や口に入り、苦しくなる。広い八畝の田圃に入ると、一人では一日では終わらない。黙々と我慢強く稲を相手に働く姿は修行僧の姿である。浮世の激しい嵐の中を行くようでもあった。キヨは毎日この厳しさに耐えて働いた。

安よむのキヨを呼ぶ声

キヨは綿のように疲れ切って、夜の床に就く時、

「ああ、極楽。極楽。わたしの体が休まる時は、寝るときだけじゃ。極楽に行く心地がする。ああ、極楽。極楽」

キヨが唯一労働から解放される時である。

深い眠りについた頃、夢か現《うつつ》か、どこからか安右衛門がキヨを呼ぶ声が聞こえ始める。

「キヨ、キヨ。愛しいキヨ。元気か、一人で苦労してるだろう、俺も、もっと、もっと、娑婆にいたかったぞ。マブリを、もっと作りたかったぞ」

キヨは、ハッと目が覚めた。そして、キヨは、夫と過ごした三十年余の年月を懐かしく回想して慰めとした。

ところが、キヨが回想にふけっている途中に、家が揺れるように、パーンと大きな音をたて、天井の梁が割れた。ああ、これだったのか。キヨを呼ぶ声は。

以前、安よむに聞いた話では、家の梁や柱などが乾いてくると、自らの歪をなおすため、ひび割れをする。そのときの音だそうだ。

きっとこの家には、安右衛門の霊がこもり、家族を見守っているに違いない。あれだけキヨと楽しみにして、渾身《こんしん》の力を絞り、最高の家を目指して作ったこの家だから、夫がまだそばにいてくれると思うと安らぎ、朝までの短い時間、まどろむことが多かった。

亡霊か

昭和十五年の暮れ、キヨは、畑で採れた青首大根や聖護院大根でたくあんを漬けた。これがいつもより美味しくできた。キヨは来る人に食べさせて喜んだ。

この夜は木枯らしが吹いて、寒い晩だった。隣のおミセさんと、娘のセツ子さんが遅くに、風呂貰いにやってきた。

キヨ「もう寝ようと思っていたところじゃったが。湯は冷めたじゃろ。いま、沸かしてやるかい、ゆっくり入りない」

おミセ「悪いな、おキヨさん。今夜は寒いから、風呂でも入らんと眠れんが。助かるわ」

当時の風呂は露天風呂で、上に雨よけのトタンが載せてあるだけの簡単なものだった。二人一緒に湯船につかり、何やら、しゃべりながら、温かい湯を楽しんでいた。二人が上がってくるのをキヨは待っていて、

キヨ「茶を一杯飲んで行きならんか」

ミセ「湯上がりの茶はご馳走じゃが、貰おかい。おかげでよく温まったが」

キヨ「一つ、しおけをやろかい。ダイコンの漬けもんが、うまく漬かったが」

セツ子「おキヨおばさん、こん聖護院の漬けもんは、やわらかくて味がいいが。これで飯を食うたら、いいごたるな」

ミセ「近頃は、火事が多くなったから、ふろの後始末をよくしておきないよ。セツ子、湯冷めせんうちに、帰らんといかんね。おキヨさん、いろいろおおきんな。おやすみ」

キヨは二人が帰った後、風呂の後始末をして、家の中に入ろうとしたが、今夜のように風の強い夜は用心が一番と、周りを見回した。そしてなんとなく、道まで覗《のぞ》いた。すると、女が立っているではないか。キヨは、ギョッとして、その場に立ちすくんだ。暗がりで、はっきりと見えないが、女は髪はぼうぼうで、少し顔にまで垂れ下がっている。黒っぽい着物を着ているが、なにももっていない。

しばらく見つめていたが、キヨは勇気を出して、

「誰かの。あんたは誰かの」

と、誰何《すいか》してみた。すると女は、いきなり両手で着物の裾を摑み、頭の上まで持ち上げて顔を隠し、無言でキヨの前を通って走り出した。キヨも、

「誰かの。だれかの」

を、連発しながら追っかけた。歩くより少し速い速度だから、摑めば捕まえられるんだが、どんな反動が来るか不気味で手が出せない。長くもない津倉街道を、西から東へ、寝静まった深夜、二人の女は走った。もう、この世の光景ではなかった。

途中道が分かれていて、女は小道の方へ入った。キヨはまた、ゾッとした。この道は墓地に行く道である。

女は墓地に行く階段を上り始めた。キヨは階段の下で立ち止まった。これ以上はついて行けない。キヨは女の正体を見ないことには、今夜は不安で寝られない。

この近くに、甥の三島寅雄の家がある。頼んで一緒に見てもらおうと考えた。キヨは家族が寝ているのを起こして、訳を話して、見に行ってもらった。

寅雄は提灯を持って地蔵堂をひと回りしたり、墓地をあちこちと見て回ってくれたが、

それらしい人影はなかった。

寅雄にお礼を言って家に帰ったが、何か不思議な事件で、キヨが体験した怖いでき事だった。家に帰ると、守と清を起こし、今夜のことを話し、気を付けるように言った。キヨはいつもよりは戸締りを固くして休んだが、何も起こらなかった。

ところで、あの女は何だったのだろうか、顔を一度見せただけで二度と見せなかった。墓地の方に行ったのは、この世のものではなかったのか。それとも、放浪者か乞食が風呂場の賑わいを聞き、家の者が寝てから、貰い湯をしようと待っていたのかもしれないと考えた。

この謎めいたでき事は未解決のまま終わってしまった。

舞い込む宝

悲しいでき事や奇怪な事件の続いた三島家にも、七福神が船に乗り、波をけたてて宝を運んでくるような、嬉しい知らせが舞い込んできた。

安右衛門とキヨが少しずつ掛けていた、頼もし保険が満期になり、支払われるというのである。実は、一口千円の保険に津倉の河崎久米右衛門さん、岩切七五郎さん、三島の三軒で一口入って積み立てた金である。

一人三百余円の大金である。なにしろ、県庁の役人ひと月の給料が、五十円という頃である。三家族で、記念に青島旅行に行くことになった。

キヨは、守と清を連れて参加した。子どもたちは初めての青島行きに大喜びであった。軽便鉄道に初めて乗り、こどものくにで遊び、砂浜を歩いて、青島の町に出ると、対岸にビロウ樹の生えた青島が見える。

青島神社にお参りして、周りの珍しい岩などを見て、町の方に戻り、料理屋に入った。こんなところで食事をするのは初めてのことであるので、守や清は大喜びであった。

キヨは子どもたちとは別に思い出に浸っていた。四十年前、夫と鵜戸さん参りをした時は、こどものくにあたりの松林で梅干し入りの粗末な握り飯を食べたのを思い出した。しかし、キヨにとっては、希望と愛があったので美味しいご馳走であった。

キヨは大金の使途を考えた末、子どもたちに分けてやろうと思った。

「守と清、大事な話があるが聞いてくれ。三島家の財産は、長男の勲が相続したので、みな渡した。お前たちには何一つやるものはない。それで今度貰ったお金を百円ずつやることにした。貯金しておくから、将来何かに役立つこともあるだろうから、大事にしまっておけよ」

キヨはそう言って、那珂農業協同組合の口座に預金してくれた。

それから、数日経《た》って勲が帰って来て、どこで聞いたか、「お金が要るので貸してくれないか」と言って持って行ってしまった。

正雄の警察大学留学

次に起こったでき事は、正雄が、警察の幹部養成のため、東京に、一年間勉強に行くことになったことである。帰ると警部に昇進した。

勲は警部補の地位にあり、兄弟二人して官職にあり、農業とは縁のない道を進んでいた。キヨは相変わらず留守を守って一人で、激しい田畑の仕事をしなければならなかった。役人になり、少しくらい偉くなるよりか、家にいて一緒に農業をしてもらった方が、どんなに親孝行かと思った。

長く続く戦争で国内の物資は底をつき、配給制で人々は、細々と生活を続けた。中でも食糧は最も不足し、代用食が多くなった。さらに農家には、食糧増産が強要された。キヨは、暑い日も寒い日も毎日、アリのように地べたを這い回り、日の暮れるまでも働いた。

三、空　襲

太平洋戦争

昭和十六年十二月八日、日本軍はハワイ・オアフ島の米国太平洋艦隊を攻撃し、呪わしき太平洋戦争に突入した。

今までにたびたび戦争を繰り返し、疲弊しきっている日本が、米国のような豊かな国と戦っても勝てるわけがない。日本の指導者たちは、富国強兵、八紘一宇、神国日本などを唱えて開戦に踏み切ったのである。日本の首脳部は間違った判断をしてしまった。そして、史上最大の殺戮《さつりく》戦を繰り広げ彼我共に大きな損害と悲しみを残したのである。

今度このような戦争が起こる時は、地球が滅ぶ時であろう。

男は皆戦場へ。三島家の男たちも応召

太平洋戦争が始まると、子どもと老人を除き元気な者は皆、召集令状で呼び出され戦場に送られた。三島家も、男は皆、軍役についた。

三島家五人の男児は皆軍役に従事している。

長男　勲　　防衛隊　地元で陣地作り

二男　正雄　海軍　佐世保海軍基地

三男　實　　海軍　鹿屋海軍航空隊飛行機整備

四男　守　　陸軍　徳山暁部隊

五男　清　　軍属　新田原飛行場飛行機整備

幸い五人無事帰還を果たしているが、親族では次のように愛する身内をなくした。

長女ヨシエの夫　勇　　南方方面で戦死

勇の弟　　　　　良夫　南方方面で戦死

キヨの末弟　　　竹次　硫黄島で戦死

太平洋戦争こそ、史上最大の悲劇であった。

日本本土空襲

緒戦こそ日本軍が優勢であったが、南太平洋方面のビルマ、フィリピン、スマトラ、インドシナ半島など次々と奪還された。海戦でも負けが続き、主力艦の多くは沈められた。少年兵や召集された在郷軍人たちを運ぶ輸送船は現地に着く前に沈められ、戦わずして海の藻くずと消えた。あるいは食料もないジャングルの中で、飢えと病気と闘いながら死んでいった。その数、何万もいたのである。

昭和十九年になると、アメリカ軍は占領したサイパン島に長距離爆撃機Ｂ29の基地をつくり、日本全土爆撃を開始したのである。記録によると、

・爆撃に飛来したＢ29　一万七千五百機
・投下した爆弾　十六万トン
・被災者　九百二十六万人
・死者　三十五万人
・負傷者　四十二万人
・全焼家屋　二百二十一万戸

以上のような恐るべき数字が残されている。

これは単なる数字ではなく、わが同胞、父母、兄弟、祖父母、曽祖父母たちが、虫けらのように扱われ、死んでいった戦争の実態である。

津倉地区B29爆撃

昭和二十年に入ると、米軍の本土爆撃は激しさを増し、軍事拠点、工場だけでなく、九州から北海道の街を無差別に爆撃し始めた。日本の木造家屋に目をつけ、初めにガソリンを撒き、そこに焼夷弾や爆弾を落としていった。被害は甚大であった。

昭和二十年四月十八日十時頃、宮崎地方に空襲警報が発令された。その時のキヨの話。

「わたしは、山手の防空壕に入るため、孫を抱いて家を出たら、田圃で田おこしをしている石田秋蔵さんが、東の方を指して、大きな声で〈来たぞ、来たぞ〉と、おらびやったかい、もう防空壕には間に合わないと思って、引き返して、竹やぶの所にあった芋壺の中に、孫を入れ、覆い被さるようにして中に入ったとたん、ザーッと異様な音がして、爆弾が落ち始めた。ドッカン。ドッカンと大きな音がして、地面が激しく上下に揺れ、上から土が降りかかってきた。あたりは煙と土埃で何も見えなくなった。いつ爆弾が落ちかかるかと、生きた心地はせんじゃったぞ」

「五分ぐらいたったろか、少し静かになったかい、外に出てみたら、木や竹は倒れ、田んぼには大きな穴があちこちとできており、周りには爆弾の破片が剃刀《かみそり》の刃のように鋭く割れ、湯気を出して飛び散っていた。石田秋蔵さんは、田んぼの真ん中で、牛もろとも倒れておりゃった。背中と足に破片を受け肉は飛び散り、傷口は、ザクロの実のように大きく開いていていたが」

「うちの家はどんげなったろうかと、泉川のとこから見たら、まだ燃えてはいなかったが、シゲノさんの藁ぶきの家から、真っ黒い煙が立ち上り、燃え始めていた。そこへ、新名厚が、母のおキヨさんを抱いて、泣きながら〈オッカサン、オッカサン〉と呼びながら、やってきた。見るともう虫の息、頭と腹を爆弾にやられていた。〈厚、はよ泉川の水を汲んできて飲ませんか〉と言うと、厚が手で掬《すく》ってきた水を、口に持っていくと、一口ゴクッと飲むと、息を引き取った」

津倉地区はこのような光景があちこちで見られ、死者十一人、負傷者八人、家屋全焼二十八戸、殆どが燃えてしまった。この様は、この世の終わりかと思うくらい恐ろしいできごとであった。

隣の江原地区にも多くの死者と、焼失家屋を出した。

三島家も、最後の最後になって別れを惜しむかの如く、延焼で燃えてしまった。キヨが安右衛門と一世一代の事業として丹精込めて作った家も、戦争という大嵐の前には無力であった。キヨは、燃えゆく我が家に、手を合わせて万感の思いで見送った。

守の出征

守の出征について記録すると、昭和二十年一月に一年繰り上げの徴兵検査があり、四月には召集令状により、入隊という忙しさであった。まだ十七歳の少年、それだけ戦局は切迫していたのであった。

出征を前にして、職場の奈良鉄工所に別れの挨拶に行っていた。その間に、津倉の空襲があり、帰ってみたら集落は消えていた。なんと間が悪い出征の時になってしまったことだろう。

十八日夜は、一軒焼け残った岩崎喜藤次さん宅に、近所の人と一緒に泊めてもらって十九日の朝を迎えた。出発の時となった。

キヨ「体に気を付けて働けよ。この尾頭付きの魚は縁起もんじゃ。ボラをやっと手に入れたかい、食うて行けよ。元気で帰ってこいよ。これは日の丸、これは千人針の弾除け腹巻、これは日用品入れの奉公袋じゃ。これだけは忘れんように持っていけよ」

守「俺は不死身じゃかい元気で帰って来るが、安心して待っちょらいよ。お母さんこそ、家がなくなって、これからどんげなっどかい、心配じゃが」

キヨ「子どもたちもいるかい心配するな。明日から、村の消防団が小屋を作ってくれるという話じゃが、何とかなるが」

キヨと守は出発前の短い時間に、お互いを気遣って話した。

昨夜から降り出した、激しい雨の中を、住吉駅へといそいだ。見送りには、母と、勲の二人が付いいて来た。

途中津倉の方を見ると、昨日まであった集落は焼野原になり、未だあちこちに煙が立ち上っていた。そこには、肉親を失い、家を焼いて、悲しみのどん底にある人々がいると思うと悲しかった。

守の太平洋参戦

守が体験した太平洋戦争末期の様子をここに記しておこう。

・昭和二十年四月二十日、山口県徳山市暁部隊に入隊。暁部隊とは陸軍ながら海の仕事をする部隊
・一か月間、本隊にて、基本訓練
・松浪中隊配属。勤務地の下関市の三連寺という寺に駐在し、下関と釜山間の物資の輸送にあたる。軍が徴用した民間の小型船に乗船し警護が任務。
・六月三日、乗船組六人が決まる。班長、今井伍長。
船は湯浅丸で二百五十トン、船主は湯浅弘氏、船員は十人。荷物は下関から軍需品、米、雑貨物を運び、釜山からは、小麦、ダイズ、コウリャン等の食料品を積んでくる。兵隊は見張りのほか、銃器の手入れ、心身の鍛錬、船の手伝いもやった。
・七月二日、アメリカ艦載機の襲撃。釜山より下関に向かう途中、午後一時頃、対馬海峡付近に差し掛かった時、艦載機一機の襲撃を受けた。はじめ、飛行機は上空を西から東へと飛んでいった。
今井伍長の〈戦闘配置につけ〉の命令とともに、それぞれの部署についた。木村上等兵は、操舵室の上にあがり、取り付けてある重機関銃に取りついた。反転してきた敵機に向かって火を吹いた。とたんに木村上等兵は天井からもんどりうって甲板上に落ちた。頭を

やられ即死した。同時に操舵室の湯浅船長もやられた。艦載機はまず、銃口を向ける木村上等兵を狙ったのである。船上の者は戦うどころか、物陰に身を隠すのが精いっぱいであった。

飛行機は執拗に襲ってきて、最後に爆弾と焼夷弾を落として去っていった。船は炎上し始め、海水が入り始めた。一時の猶予も許されない。すべて放棄して、船を離れないといけない。艫《とも》につるした伝馬船を下ろすのももどかしく待つ身に、火の粉が降りかかり、海に飛び込むものも出てきた。倒れたものを助けることもできない。しかし、船長を二人の船員が火の粉の中を引きずってきて、〈親父を連れて行ってくれ〉と運び込んだ。海に飛び込んだ者は伝馬船に這いあがった。

兵隊が二人船とともに沈んだ。仲良しだった山下二等兵が板に摑まったまま、速い日本海の潮に流されて、行方不明になってしまった。その後、どんな最期をたどっただろうかと思うと、胸が痛くなる。戦中、歌わされた歌で、〈海ゆかば　水漬《みづ》く屍　山行かば　草むす屍…〉の万葉古歌が浮かんでくる。

伝馬船は一晩日本海を漂流して、翌日友軍の船に助けられた。

七月五日、原隊復帰。待機の日を送る。その間、Ｂ29の空襲が頻繁にあり、関門海峡に機雷を投下する。翌日は万トン級の船が触雷し、沈没する光景をよく見た。

八月三日、沖縄戦参加命令。小川大隊に沖縄防衛命令が発令され約八百名が行くことになり、わが松浪中隊からも、待機組全員が参加することになった。

八月五日、機帆船四隻に分乗して、敵の潜水艦の攻撃を避け、夜陰にそっと出港した。兵隊は三々五々と荷物の上や、甲板の上に乗り仮眠する。これからの事を考えると、眠ってはいられない。

東の空が白むころ、福岡県の大島という島に着いた。ここで沖縄の戦局を見て上陸を敢行するらしい。今、沖縄にはアメリカの艦船が、何百隻と押し寄せて、空と海と陸上から攻撃している。応援に行けば、〈飛んで火にいる夏の虫〉の喩《たと》えのごとく海の藻屑《もくず》となるだろう。我が運命の決まる日を待った。

八月十五日未明、〈非常招集、全員完全武装して外に集合〉緊迫した命令に、全員緊張して集まる。

〈作戦命令〉は〈アメリカ艦船が東シナ海を北上中の情報がある。これから大島を守備のため海岸に展開する。各中隊ごとに配備につけ〉だった。

待つこと三時間、夜が明けたころ、敵の艦船の来る気配はなし、全員引き上げ、の号令がでる。皆宿舎に戻った。

終戦

八月十五日一時、全員広場に集められ、隊長から次のような話があった。

〈本日十二時、天皇陛下の放送があり、日本は、連合国の条件を受け入れて降伏した。戦争は終わりとなった。明日、下関に帰る。各自荷物をまとめておけ〉

兵隊たちの顔には安どの色が漂っていた。

八月十九日、除隊。夕刻、守は懐かしき津倉の我が家に復員した。母が掘っ立て小屋で迎えてくれた。

以上が守の兵役のすべてである。

守は四か月の短い期間であったが、戦場から生きて帰れた歓びを、かみしめた。

なんと大きな嵐が吹き荒れたことだろう。

この地球上に吹き荒れた嵐は、人も自然の万物も何もかも、吹き飛ばしてしまった。大げさに言うと、残ったものは残骸のみとなった。

日本が起こした太平洋戦争は明らかに人災である。どれだけの人が犠牲になり苦しんだことであろう。欧州でもナチス・ドイツの狂信者によって引き起こされた戦争で大惨事が起こっている。

皆これは人間が引き起こした大嵐、災害であった。この戦争は人間に不幸をもたらす最大の愚行であったと、歴史に長く刻まれることであろう。

第五部

復興

一、家を再建

襲いかかる台風

戦争という恐ろしい嵐が過ぎ、追い打ちをかけるかのように台風が襲いかかってきた。まるで、戦争を起こした人間への天罰としか思えなかった。

台風は昭和二十年、二十一年と相次ぎやってきた。屋根も壁も藁で葺いた小屋を、風船のように簡単に吹き飛ばした。そのうえ、収穫前の稲を全滅にして。楽しみにしていた農家の人をまた、ドン底に突き落とした。

少し穫れたコメは全部供出させられ、農家もコメの配給を受けた。その米に、サツマイモや大豆かす、千切り大根、かぼちゃなどを炊き込み腹を満たした。

特筆すべきは、その時の台風で高台にあった家は軒並み倒れて、低地に移り住んだことである。久峰観音の門前街の家々は、何百年も続いた店をたたみ、広瀬の袋谷方面に移住していった。那珂村では年居地区がそうであった。皆、平地の田圃に家を作った。

昭和二十年の暮れには進駐軍が佐土原に本部を置き、久峰に日本陸軍が作った防衛陣地の爆破作業にかかった。毎日ジープに乗ったアメリカ兵が津倉、新木の前を通り作業した。

住民や小学生が動員されて作った防衛陣地も、壊され、空襲もなくなった。平和の有り難さを少しずつ享受し始めた。

住む家ないキヨ

キヨは長男の嫁、しづとは、どうしても同じ屋敷に住めず、台風が来る度に転々として住まいを替え、掘っ立て小屋を造って住んだ。あれほど大きくて、見事な家を建てたキヨであったが、家なし乞食のような身になってしまった。

台風で小屋が倒れるたびに物つくりに器用な四男の實に頼んで直してもらった。實は父の安右衛門の死後、家に出入りして、屋敷内に小屋を建て、農業を営み、三島家を支えてくれた。

長男の勲は戦時中しばらく本家に住んでいたが、宮崎に仕事を見つけて家族を連れて出て行った。守や清も青年になっていたが、家を支える力はなかった。

次男の正雄は警察大学を終了して、やがて、警視に昇進し、県警本部や地方の警察署に勤務し、新しい警察の推進にいそがしかった。たまにキヨのもとに顔を見せるのが精いっぱいだった。

キヨはそんな厳しい暮らしをしながら、瓦の載った家を建て、安心して住みたいと、それだけを考えていた。

響く槌音

昭和二十一年になると、働き手がいて財力のある人は、家を作り始めた。富田タカノさん、河崎喜助さん、日高寅袈裟さん、河崎健次さん等が早い方だった。一軒が始めると、競うように皆、建築に取り掛かった。津倉地区では、毎月のように槌音が響き、再生の明るい気に満ちてきた。

昭和二十二年三月――。

キヨ「うちも家作るぞ、いつまでも掘っ立て小屋にいるわけにはいかん。守、手伝ってくれるか」

守「大いに賛成だが、資金や作る場所は大丈夫かな」

キヨ「敷地は石田義則さんの前の田圃を考えている。金は何とか工面するつもり」

小さい時から苦労して幾多の難関をのりこえてきたキヨにとっては、女手一つでも家を作る自信があったのだ。守も母の意気込みに全面協力した。

キヨ「永山の池の上の山に、お父っさんや正雄たちが昔植えた杉が大きくなっているから、あれを使おう。守はあの木を切らんか」

そう言って早速、家造りに取り掛かった。材木の準備を手始めに、大工さん、瓦屋さん、左官さん、畳屋さんと頼み、段取り良く予定を進めた。キヨは何回も家を作っているので手順もよく進めた。

清は延岡の旭化成に職を得て不在となり、守だけが、男として力仕事ができた。キヨは守を使って、木を切り、製材所に運び、それを柱や板に製材して持ち帰る。建築の進行に合わせて、板うちをしたり、瓦を運んだり、土壁用の竹を編んだり、土を練り、運ぶ仕事など、大工さんや左官さんの手伝いがたくさんある。できあがる頃になると、注文した店から、畳や建具を運ばなければならない。

荷物はすべて、牛にナガデ（牛用の荷車）をひかせて、運ぶのである。牛使いに慣れていない守は、嫌がり、拗《す》ねてキヨを困らせることもあった。

それよりも大変だったのは、戦後で物資のない時で、建築資材を買うでも、食糧やお土産を持って行かないと売ってくれない。百度参りをして手に入れねばならなかった。

昭和二十三年一月にはキヨの二軒目の本格的家屋が完成した。前に作ったような立派な家ではなかったが、台風に耐え安心して住むことができた。このころには津倉地区も数軒を除き、本格的な家が建ち活気を見せ始めた。

新居でくつろぐキヨ

台風にも飛ばされない屋根を持つ家ができて、安心した。キヨは、畳の香も新しい座敷に寝転び、手足を思いきり伸ばした。

「よくもこんな家ができたものだ。我ながら、感心するよ。ご苦労さんじゃった。人間は、望みと、やる気があれば、たいていの事はできるもんじゃ。今までがそうじゃった」

ガラス戸越しに見える景色がまた良く、すぐ前を久峰街道が通っていて、子どもの通学の様子や地区の人の出入りがよく見える。その向こうは広々とした田んぼが広がっている。その後ろに年居の山が、屏風のように立っている。

「いい眺めの所じゃ。誰にも気兼ねせず、好きなように暮らせるが。長生きせにゃいかん」

一人、自分に言い聞かせた。

あたらしい隠居家にはヨシエやフサエ、トクエたちが、子どもや孫を連れてきては遊ばせ、自分たちのくつろぎの場になった。

キヨは、家の周りに野菜などを作りながら暮らしはじめた。

守の師範学校入学

昭和二十三年になった。ある日、守が母に頼みがあると、話しかけてきた。

守「うちの兄弟で俺だけ小学校以上の工業学校に出してもらったが、未だ人の前で話もできん。もう少しましな人間になりたいが、学校に行って、もうすこし勉強してもいいかな」

キヨ「なんて馬鹿なことを言うか。そんな金がどこにあるか。食うのが精いっぱいじゃがな。そりゃ駄目じゃ」

守「俺はどうしても行きたい。学資も、生活費も自分で稼ぐつもりでいる。お母さんには、一切迷惑はかけんつもりじゃ。お母さんの商いや働きぶりを見ていると、俺も自分の事ぐらいできそうな気がする」

キヨ「お前がそこまで考えているなら、行ってもいいが、援助はできんぞ」

学問よりも金や物に値打ちを感じているキヨも、資産のない子どもには学問が一番だと思うようになったのか、反対はしなかった。

宮崎師範学校本科を受験した守は運よく合格して、宮崎市に間借りして、アルバイトをすると言って出て行った。

二、三たびの行商

孤独

あれだけいた子どもたちも、成長してそれぞれの生活の場を求めて出て行った。戦後の三島家には資産があまり残っていなかった。三島家を相続した勲は、不在地主のため、農地改革で小作農者に取られ、實やキヨに分散してしまったのである。キヨが米を作る田圃もなく、家の周りに、少し野菜を作る程度しかなかった。

夫の死後、ひとりであれだけ広い田圃を作り、国へ供出したころを思うと、うそのような環境の変化であろうか。しかも一人で生活の手立てを考えなければならなかった。しかし、キヨの体にはどんな環境にも耐え抜く根性と、労働意欲がそなわっていた。

キヨが最初に考え付いたのは、やっぱり大好きな商いであった。まだ戦後の食料不足のころ、調味料までは生産するところはない。七味唐辛子を作って売り歩いたら売れるのではないか。いいところに気が付いた。キヨは、金取りについてはいい知恵を持っていた。トウガラシ、ミカンの皮をよく乾燥して石臼でひき、アオノリや黒ゴマ、山ザンショウなどをひき混ぜて、七味唐辛子を作った。これを重箱二段に入れて、宮崎の街に行って売ることにした。

キヨは遠い昔、幼い体で裏山で薪をひろい、佐土原の町に持っていき、ドキドキしながら売り歩いたことを思い出した。困った時は、同じような知恵が出るのだと、苦笑しながら、宮崎の街へと急いだ。

B29の空襲で焼けた市街地も、だいぶ復興して新しい家が建っていた。

キヨは、最初目抜き通りを売って歩いた。

「七味唐辛子はいんならんか。唐辛子は、いんならんか。胡椒ンコはいんならんか」

通りを売って歩いたが、誰も声をかけてくれない。思案に暮れて考えたのは、一軒ずつ訪ねて売ってみようかと、作戦を変えて回ることにした。焼け残った大きな家に行き、

キヨ「七味唐辛子を売りに来ましたが、買うてくだらんか」

おかみさん「お父さん、唐辛子売りだって、どうする」

主人「珍しい物を持ってきたな。本物か」と言って重箱を覗き、指で摘まんで舐めたが、

主人「こりゃ辛い、辛い。香りもいい。小母さん、これ幾らだ」
キヨ「小さじ一杯十円、大さじ一杯三十円で売ってます」
主人「それじゃあ大さじ二つ貰おうか」
キヨ「ありがとうございます。大盛にしておきます」
主人「うどんにはこれがないといかん。なくなる頃、また来てくれよ」
キヨは、丁寧にお礼を言って外に出た。そして、初商いに力を得て、軒並みに訪問して売り歩いた。五軒に一軒は買ってくれた。
上の重箱が空になる頃、「うどん」と旗の立っている店の前に出た。ここなら七味唐辛子を使うだろう、入って交渉してみよう。中に入ってテーブルを拭いていた女中さんに声をかけた。
キヨ「もうし。七味唐辛子を持って来たんですが、ここは使いなさらんでしょうか」
女中「ちょっと待って。旦那さん、旦那さん、唐辛子売りですよ」
女中が大きな声で呼ぶと、奥から、白衣前掛けをつけた主人が出てきた。
主人「七味唐辛子を探していたんじゃよ。まだどの店も作ってなくてね。どれ、見せてみないかね」

キヨは急いで、風呂敷をほどき、見せると、
主人「ほう、真っ赤だね。七味の香りがぷんぷんするが、辛さは大丈夫だろうね。（舐めてみて）辛い、辛い、本物じゃ。お前さん、いい物を持ってきた。残り全部買おう。いくらで売るか」
キヨ「今日初めての商いで、箱ごと売ったことがないので見当がつきませんが、旦那さん、いくらで買ってくださいますか」
主人「よし、千円出そう。これでどうだ」
キヨ「ありがとうございます。それで結構です」
まとめ買いをしてもらい、半日も早く売りつくし、幸先の良い気持ちになった。帰ってから売り上げを数えてみると、二千二百円あった。バス代往復で六十円、うどん代四十円、合わせて百円の経費が掛かったが、これはいい商売になりそうだ。キヨは七味唐辛子を造り、商おうと決めた。
翌日は残りの七味唐辛子を全部、飯櫃《めしびつ》に入れて、宮崎に持って行った。今日は、橘通を売り歩こうかなと決めて、四丁目あたりから売り始めた。空襲で焼けた店も、仮店舗を出して営業を始めていた。戦時中の統制も廃され、店も少しずつ賑わい始めていた。キヨは

バス通りに沿って売り歩いてみた。最初は、「食事」とのれんの掛かった店に入った。
キヨ「七味唐辛子を売りに来ましたが、お宅は用はありませんか」
女将さん「うちは間に合っています」
キヨは、この表通りを順々に売って回ることにして、次の家に寄ったが、うちは使わないと断られた。奪い合うほどにして売れるかと思っていたキヨはがっかりした。次に自転車店に入り、唐辛子を売りに来たことを告げると、自転車の組み立てをしていた、エンジニア服に身を包んだ中年の男の人が、キヨをじろじろ見ながら、
自転車屋「小母さんは、津倉んおキヨさんじゃねえか」
キヨ「はい、そうですが。あんた誰じゃったかな」
自転車屋「わしは新木の根井利秋で、實君と同級じゃった。いつも小母さん所の前の道を通っていたが」
キヨ「そうでしたか、お世話になりましたな。利秋さんは、どうしてここで、自転車屋を始めましたか」
利秋「はい、縁があって婿養子に入り、こんな仕事をしておりますが。おキヨさん、何を、持ってきなったか」

キヨ「家も焼け、田も無くなったから、コシュンコ売りを始めましたが。少し買うてくださらんか」
利秋「幾らで売りなるか。百円ばかり貰おうかい」
キヨ「大さじ一杯三十円じゃかい、三倍と少しですな。では四杯に負けときましょう。ありがとうございます、百円頂きます。おかげで元気が出ましたが」
キヨは橘通を五丁目の方へ歩いていった。八百屋があり、聞いてみると、欲しいという。
八百屋「お客さんが、七味唐辛子はないかと聞くので、店に置いてみたいが。たくさん持っているようだが、品物は大丈夫だろうね。五合ばかり、置いていっておくれ」
キヨ「五合で七百五十円になりますが、卸値で五百円にしておきます」
キヨは気前よく三分の一引いて金をもらった。まとめて売れることがうれしかった。
この日は量が多かったので夕方まで売って回った。売上高は三千八百円もあった。
キヨは、心ひそかにいい商売を始めたと喜び、これからもしっかりと売り歩こうと胸を膨らませた。薪売り、七味唐辛子売りと、貧乏な家庭に育った人間の、非凡な発想であったのかもしれない。
キヨはその後、宮崎市はもとより、佐土原、広瀬、高鍋、妻と近在近郷くまなく行商して回った。八十歳過ぎても売り歩いた。その距離は、地球を幾回りかするほどであった。その源は小さい時から労働や我慢に耐え、やり抜く心や体力を持っていたからであろう。大きな病気一つしないで働き続けた。

大取りより小取り

キヨの家の裏山の木々が紅葉し、ハゼの葉がひときわ赤く目立つ十一月、宮崎でアルバイトをしながら勉強しているはずの守が、帰ってきた。

守「今、アルバイトで、柿商売をしているが、元手に五千円ばかり金が要る。五千円貸してもらえんかな。一万円くらいはもうかると思うが、そのときは利子を付けて返すから頼む」

キヨ「守、素人が大儲けをしようとしても、そんなに簡単に儲かるもんじゃないぞ。止めた方がいいぞ。悪いことは言わん」

守「住吉村に大なりの柿の木一本、三千円で売るという所があり、大淀の青果市場に問い合わせたら、幾らでも買うと言ってくれたので大丈夫だ」

守は無理やりに母から五千円借りていった。キヨは損をしなければいいがと、心配していると、五日ばかりして守が帰ってきた。

守「うまくいかなかった。収入は市場入札六千円に対し、支出は柿三千円、馬車代二千円、手伝い人二人分五百円、雑費三百円で、利益は二百円。三日間の労働、使い走りを入れると、マイナスになってしまったことになる。一万円は儲かると思っていたのに残念だな」

キヨ「守、大金を取ろうと、欲張って手を広げると、逆に損をするもんじゃわい。商いは〈大取りより小取り〉ていうたものじゃ、よく覚えておけよ」

それから守のアルバイトは、母の商いを見習い、確実なものへと変わり、学校生活を無事乗り越えていった。そのアルバイトは、卵買いと卸（一個につき二円の利）、前売り券売り（浪曲、歌謡ショー）、映画館ポスター張り、煙突掃除、毎朝の刈り（馬の飼料）、石鹸売り、日雇い、その他であった。

キヨの商魂

昭和二十五年、戦後の大混乱もこのころになると、復興が進み、戦時中に統制されていた食料品や衣料品、日用品など大部分が撤廃され、世の中も落ち着いてきた。

六月には朝鮮戦争が始まり、中立国の日本は、思わぬ戦争景気に恵まれた。戦後、日本は五十年は立ち上がれないだろうといわれたが、数年にして活気づいてきた。

昭和二十六年九月には、講和条約が締結され、日本は世界の仲間入りをはたした。

キヨの唐辛子の行商は好調で、確実に小銭が貯まっていった。金が貯まると家を作った時の借金の返済、身内の者の冠婚葬祭、近所の付き合いなどに消えていった。

好事魔多しというが、唐辛子の行商も競争相手がどんどん増えていった。キヨの商売を見て、近所の暇な年寄りたちが小遣い稼ぎに、我も我もと始めたのである。どこへ行っても、もう買ったという人が多くなってきた。

次に始めたのが、黄な粉売りである。これは大豆を炒って臼でひき、篩《ふるい》にかけてつくるが、七味唐辛子ほどの手間はかからない。

つぎがハッタイコ。大麦を炒って臼でひき、篩にかけて作る。これは食品というより嗜《し》好品《こうひん》である。砂糖などを混ぜて食べる。菓子などの原料にも使用された。

キヨは、次々と売るものを考えては、行商を続けた。

八十歳すぎ、足が弱くなると、宮崎神宮の一の鳥居付近にござを敷き、味噌漬け大根、ショウガ、ニガウリ、昆布を売るようになった。これがまた、昔ながらの本格的な味噌漬けで味が良く喜ばれた。

ここまでくると、行商も、他の追随を許さない感じであった。小さい時から、貧乏をし、金に泣かされ、苦労してきたキヨは、体の芯まで金持ちに憧れ、生涯その夢を追い続けた。

キヨを吹き抜けていった風

貧乏の嵐、戦争の嵐、台風の嵐、孤独と行商の嵐と、キヨの体を、激しい試練の風が吹き抜けていった。しかし、キヨは弱音を吐かず、どの嵐にも敢然と立ち向かい、乗り越えてきた。

兄弟を愛し、わが子を慈しみ、世の中の貧乏な人や障害者を助けて、みな幸せであることを願いつつ生きてきた。

しかし、キヨは、いつしか八十を超えて、髪は白くなり、老いの影が見える頃になってきていた。

第六部　遍路の旅

一、東京・京都への旅

靖国神社

キヨは老いが深まるとともに、先に逝った夫・安右衛門、ご先祖様、病気で死んだ子どもや、戦死して帰らぬ身内の者たちと、もろもろの霊を弔いたいと願うようになっていた。キヨは思い切って旅に出ることにした。最初は東京の靖国神社に参りたいと思った。幸い、東京には六男の守が東京の小学校で先生をしており、横浜に住まいを構えていたので、そこを足場にして回ることにした。

出発は昭和四十三年四月二十三日であった。

キヨ「守、靖国神社に一番先に連れて行ってくれんか。竹次や勇が眠っている、会いに行きたいが」

守「俺がどこでも案内するから、心配せんでもいいが」

二人は、九時頃家を出て、戸塚駅から東海道線で東京駅まで電車に乗り、そこからタクシーで九段まで行った。タクシーを降りると、目の前は靖国神社である。

キヨは大鳥居を潜りながら襟を正しながら中にはいった。未だ人影も少なく、綺麗に掃き清められた境内は、荘厳な雰囲気が漂っている。

キヨは拝殿に額ずき、一人ずつ慰霊の言葉を掛けた。

「前田家の末弟の竹次よ、姉は会いに来たよ。硫黄島の小島に守備隊として送られて援軍も補給もない中で、押し寄せるアメリカ軍を相手に、飲まず食わずで戦い、島と運命を共にして死んでいったお前が、可哀そうでならないのだ。

お前が出征する時、愛宕神社に参り武運長久を祈願して、階段を下りるとき、次男の正一が足を踏み外して、頭に大怪我をしてしまった。正一を佐土原駅まで背負っていき別れたが、あの時は難儀なかったね。出発の時に血を見るなんて、厳しい運命が待っているのではないかと、皆、予感したが、案の定、一番厳しいところにやられ玉砕させられるなんて、最悪の悲劇となってしまった。どんなにか家族の事を思ったことだろう。

お前たちの死が礎となって、日本も平和ないい国になったよ。正一は中学校の校長になって活躍しているが、お前が身代わりに正一を世に出したものと思っている。

竹次、神となって日本の国や、私たちを守っておくれよ」

「勇よ。昭和十九年に召集されて、南方戦線におくりこまれ、どんなにか苦労したことだろう。ご苦労さんでした。最後はフィリピンあたりの戦場で昭和二十年五月ごろ戦死したという公報があった。そして、空の白木の箱が来ただけで、遺骨も帰ってこず、戦死の情報も無かった。きっと、広い荒野で、あるいはジャングルの中で戦死して、白骨となっているのだろうと、不憫《ふびん》でならず、霊だけは、こちらに帰ってきていると信じて、逢いに来たんだよ。

勇よ、未だ三十代というのに子ども五人も残して、死んでいかねばならなかった戦争の非情さを、どんなにか憎んだことだろう。こんなバカげた戦争なんか、なければよかったんだ。神の苑で安らかに眠ってください。

それから、残された母のおトラさん、妻のヨシエは、お前の後を必死に守り、田畑をつくり、子どもたちをよく育て、それぞれ立派な家庭を営んでいるから安心しておくれ」

「義男さん。二十代の半ばでこの世を去り、残念でならないでしょう。戦争というものが、お前の人生を奪ってしまったのです。悔しくてならないでしょう。ここで神になるより浮世で苦労した方がどんなに楽しかったろうか。戦友と共に、靖国の苑で永遠の眠りについてください」

靖国の空は麗らかな春日和、神々たちが舞い遊んでいるのではないかと広い境内を見回したが姿はなく、そよ風の音と小鳥たちの鳴き声が聞こえるばかりだった。やっぱり、神様は姿はお見せにならぬのかと思いながら、靖国神社をあとにした。

守「おっ母さん、近くに、無名戦士の墓があるからそこへ行ってみよう。ここは千鳥ヶ淵といって、江戸城のお堀のあとだよ。この静かで景色の良いところにお堂を建てて、戦場で戦死し置き去りにされ、白骨化して身元の分からない将兵の骨を納めて祀ってあるんだよ。もしかすると、竹次さんや勇さんの骨がまざっているかもしれんど」

キヨ「そうか、よく拝んでおかねばね。桜の花びらが、ひらひらと散っているが、気のせいか、あれたちが喜んで姿を見せているように思えてならんが。もう、会えたような気がして良かった」

東京タワー

守「おっ母さん。せっかくここまで来たから、すこし、見物して帰ろうかな。東京タワーっていって、日本一高い塔ができたから、そこ行こう。高さが三百三十三メートルあるから、東京中が見れるが」

キヨ「そんなに高いところは、おじ（怖い）かい、やめておかんか」

守「なーに、エレベーターに乗れば、展望台まであっという間じゃが。記念に登ろう」

（…………）

キヨ「こうら、東京の街は広いもんじゃ。家がぎっしりで端が見えんが。どこまで広いのじゃろか。真下に見える人が豆粒に見えるが。車が次から次と切れ目なく走っているが、まるで、うちの前の溝を〈メダカ〉が元気に泳いでいるみたいに見えるが」

東京の街も麗らかな春の日を浴びて静かに眠ったように横たわっていた。悪夢のような戦争の面影は、どこにもうかがえなかった。平和ってこんなにもいいもんだと、ひとり悦に入っていた。

守「東京駅は近いから、街を見ながらブラブラいこう。ここは芝増上寺。徳川家の菩提寺。ここが日比谷公園。ここは皇居前広場。東京駅に着いたぞ。ラッシュ時間になると混むから、一台でも早く乗ろう」

家に着くと、嫁の博子と孫の洋一と英紀が待っていた。

博子「お母さん、靖国神社はどうでしたか。お疲れになったでしょう」

キヨ「三人が祀ってある靖国神社に参ることができて、安心しました」

博子「そうでしたか。良かったですね。お風呂に入って、疲れを取ってください」

守「おっ母さん、四月二十九日は天皇誕生日で、天皇陛下が国民の前に姿を見せ挨拶されることになっている。いい機会だから、みんなで皇居に行き、拝観したいと思っているから、ゆっくり体を休めておきないよ。良かったら、足をもんでやろうか」

キヨ「なあに、このくらいの歩きでは、なんともないからいいよ」

皇居参賀

四月二十九日、朝早く家族そろって家を出て、八時ごろ東京駅に着いた。皇居前広場に行くと、もう、長い行列ができていた。お祝いの日の丸の旗を一本ずつ握って進んだ。途中で記帳を済ませて、二重橋を渡り、皇居内に入った。広い中庭には、先着の人が広場を埋め尽くすほどに入っていた。

広場の北側に美しい新宮殿が建っている。ガラス張りの立派なお立ち台の廊下も見えている。皆、お出ましを待っているようだった。お立ち時刻は十時、もうすこしである。

ざわめきが起こり、天皇・皇后両陛下をはじめ、皇族方が館の廊下にずらりとお並びになり、にこやかに手を振って挨拶されている。日の丸が一段と振られ、ざわめき声が大きくなる。

天皇陛下万歳。万歳。ご誕生日おめでとうの声。声。

背中の英紀や洋一も、夢中で旗を振り続けた。キヨは手を合わせて拝んでいる。

守「おっ母さん、よく見えたかな」

キヨ「初めてこんなに近くで見たが、勿体なくて、じっと拝んでいた。天皇様も今度の戦争でご苦労なさったが、白髪が多くなり、少し年を取られたように見えたが。もう、お会いすることもないだろうから、よく拝んでいたところだ」

守「今、天皇陛下のお言葉があるから、よく聞きないよ」

天皇陛下「皆の者。よく来てくれた。ありがとう。国民の努力で日本も住みよい国になってきた。嬉しくて、お礼を申すぞ。世界が平和で、皆も健康で幸せであるよう願っている」

天皇ご一家が退出されると、参賀者は、誘導員に案内されて、和田倉門から皇居前広場に出てきた。

このあと日比谷公園に行き、子どもたちを遊ばせながら、みんなも息抜きをした。キヨも緊張した時間が続いたのでほっとしたようだった。子どもたちは、園内の大噴水が勢いよく水を噴き上げるのに刺激されて、はしゃいで走り回った。

園内のケヤキやイチョウ、プラタナス、ヒマラヤスギなどが一斉に芽を吹き、新緑に包まれて、美しかった。

このあと日比谷食堂で昼食をして帰途についた。

西本願寺

昭和四十三年五月二日、東京を一回りしたキヨには、最後の巡礼地西本願寺があった。宮崎を発つ時に打ち合わせをしておいたが、三男の實が横浜まで迎えに来てくれることになっており、五月一日に来てくれた。實にも大事な用があり、多治見に居るわが娘の結婚式が五月三日にあった。それで西本願寺には五月二日にお参りすることになった。

二日の朝、キヨは實に連れられて、守の家を早く出た。新幹線で京都駅まで行った。西本願寺は駅から少しはなれた堀川通にあった。

キヨは初めて見る西本願寺の壮大な建物に、唖然とするばかりであった。しかし、キヨは躊躇《ちゅうちょ》することなく受け付けに行き、家族の供養のため九州からお参りにまいりましたといって、守が書いてくれた供養の紙を差し出した。

「為　三島家祖先の供養、キヨ現世のお礼と来世の冥福の願い

供養者　三島キヨ

宮崎県宮崎市佐土原町東上那珂一二〇一九番

菩提寺　浄土真宗　蓮光寺

宮崎県宮崎市佐土原町下田島」

キヨはお布施がいくらくらいかも聞くこともなく、大金を申し出た。暑い日も寒い日もせっせと商いして稼いだお金を寄進することは、自分のため、家のため、社会のためになると考えた。これこそ真の浄財で、惜しいとは思わなかった。

二千畳敷はあるかと思える広い本堂の中で、一般参詣者とは別に、二人は親鸞聖人三尊座像の前で三島家とキヨのためのお経を上げてもらった。

キヨは、この世で貧乏をのり越え、健康でたくさんの子どもに恵まれ精いっぱい働き生きてきたことを感謝した。来世は阿弥陀如来様のいらっしゃる浄土に招いてくださるように、一心にお祈りした。

お経は三十分ほどで終わった。帰りに本願寺のご寄付書と御朱印書を頂き寺を後にした。

實「これから、時刻表を見て多治見まで行かねばならん。おっ母さんも、えらいだろうが、もうひと頑張りしてくりゃいいよ。保子は多治見でバスの車掌をしているが、明るく、働きぶりがいいので、運転手の長江さんに気に入られ、結婚を申し入れてきたが、長江さんは、お寺の長男でお坊さんの仕事をしなければいけないのに、寺は弟に譲り、こちらで仕事をするそうだ」

キヨ「それはなんとめでたい話か。三島家も仏縁が多くなり、結構なことじゃ」

五月三日、實の三女、保子の結婚式に参加した。

キヨは長い遍路の旅を終え、ようやく我が家へ帰りついたのは昭和四十三年五月四日であった。身はくたくただが、心は晴れ晴れとした気持ちだった。

二、限りあるいのち

年に負けず

遍路の旅から帰ってきた、キヨは、疲れで半病人のようになり、しばらくは、何もできなかった。清は心配して、家からせっせと食事などを運び、健康の回復に努めた。近くにいるヨシエやフサエたちも時々やってきて話の相手をした。

ヨシエ「おっ母さん、東京は、どうじゃったか」

キヨ「勇のとこに会いに行ってきたよ。靖国神社の森には霞がかかっていて、ここに勇や竹次、義男が眠っていると思うと、いとおしくて動けんかったが。桜の花びらが、さらさらと舞うて、あれたちが、逢いに来たような気がしたよ。お前たちの事も話しておいたよ」

ヨシエ「おれも数年前に秀昭が連れて行ってくれて、拝んできたが、勇さんの霊がいるかどうか心配だったが、気持ちはすっきりした」
キヨ「皇居に行き、天皇様も拝んだが、いい旅行じゃった。もういつ死んでも思い残すことはないが」
ヨシエ「まあだまだ、お迎えが来るもんか。もう少し、商いして稼がんと、三途《さんず》の川は渡してもらえんど」
キヨ「生きている間は、自分で稼いで食わにゃいかんね」
キヨは自給自足の気持ちが強く、子どもの誰にも頼らず生涯を生きてきた女性であった。

命の限り

キヨは疲れが癒えると、再び商いを始めた。

多少足も弱くなったので、座ってできる商売を始めた。考えたのは、家庭で作った味噌漬けや乾物を売ることであった。

早速、宮崎神宮一の鳥居の付近で売る場所を決め、品物を並べた。ござの上には味噌漬けのショウガ、ナス、ニガウリや冬に仕込んだダイコンのカンヅケ（寒漬け）、壺漬けなどを並べた。

一の鳥居付近は人出の多いところであるが、通る人は一瞥《いちべつ》して通るだけでさっぱりと売れなかったが、その味を知る人が、ぼつぼつ買い始めた。

通行人「あらこんな所で、みそ漬けを売っているが、おばあさんは、どこから来たの」

キヨ「佐土原ですが。ひとつ買ってください。これは、田舎のみそ漬けで、よく味噌だるで漬けこんであるから、味がいいですよ」

通行人「私は、綾出身で、田舎でよく食べました。ショウガと、ごり（ニガウリ）のみそ漬けを、一つずつ、もらっていきます」

キヨ「ありがとうございました。また来てください」

こうして味を知っている人や、一度食べた人がだんだん増え、口こみでお客は次第に増えていった。

キヨは、仕入れ先の津倉や江原の知り合いに、「味噌作りをする時は、野菜をたくさん漬け込んでおいてください」と頼み、時期が来ると、少しずつそれを仕入れて、宮崎に持って行って売った。

ある日、店を開いたところへ、車いすに乗った青年がやってきて、ショウガのみそ漬けをくれという。こんなお客さんは初めてだった。

キヨ「いい車いすですね。あしがわるいですか」
車いすの青年「はい、子どものころ交通事故で左足を失くしてしまって、身体障害者になってしまいました。子どものころは拗《す》ねて親を困らせました。家で泣きながら一人で過ごしました。ところが、戦後、人はみな平等で差別してはならないという決まりができて、身障者を健常者と同じように扱うようになり、私たちも、こうして車いすで街に出るようになり楽しんでいます」
キヨ「あんた、腕が太いですな。何かやってなさるのか」
車いすの青年「車いすバスケットというのをやってます。足が悪い者同士で、チームをつくり、車いすに乗ったまま試合をするのです。勝てばオリンピックにでも出れるのですよ。自分に残った能力を精いっぱい伸ばして社会生活をして、喜びとしているんですよ。希望があるのは力がわきますよね」
キヨ「いい世のなかになりましたね。平和だとこんなにも、みんなが幸せになるんですね。お兄さん、このゴリのみそ漬けは力が出る野菜です。一つ上げますから、食べて、試合に勝って、オリンピックまで出てくださいよ」
青年「おばあさんありがとう。元気が出ました」

キヨは、午後は早くに切り上げて、近くにいる三女のトクエの家に寄り、お茶等を飲み、帰途に就くのが、日課になっていた。バスは清の勤めるバス会社の家族優待券で、無料で帰れた。

キヨにとっては至福の日々が過ぎていった。

そして、いつの間にか卒寿（九十歳）を迎える年になっていた。

卒寿の祝い

警察を定年退職して、佐土原町の助役をしていた正雄が音頭を取り、キヨの長寿会を開くことになった。勲を除き、八人の兄弟姉妹が、夫婦皆集まった。

祝宴の中でキヨの子育ての苦労の話が出た。

キヨ「こんなに長生きするとは、思わんかったが。お父っさんより三十六年も長生きしているが、夢みたいじゃ。

子ども八人も育てるんには、いつも命が縮む思いばかり、させられたもんじゃった。

長男の勲は、家の跡継ぎだからと大事にし過ぎて、怠けもんにしてしもた。人間は勤勉じゃないと苦労する。

次男の正雄は、一番手がかからず、親を助けてくれた。

四男の實が、一番親を困らせた。よその家に、火をつけそうなことがあったが、石ころの道を引きずって連れて帰り、叱ったが。また、学校で、授業中に火薬の入った薬莢《やっきょう》をいじっていて、それが突然、爆発して、自分の足に、大怪我をさせたりして心配ばかりかけていた。結婚する時も、わがままを通して、お父っさんを怒らせたが常識はずれな行動が多かった。

六男の守は、思慮が足りない子で、電柱に上って、高圧線に触れたり、馬車にぶら下がって、車に轢かれて死にかかったり、火の残った焚火の中に飛び込んで大やけどをしたことがあった。その度に仏壇の前に座らせ、二人でお祈りしたが。

七男の清は、末っ子で甘く育てたところがあり、楽天的な性格になり物事にくよくよしないが、自分中心なところがあり、人と喧嘩して損をすることが多かった。勤め先の材木店で、材木の下敷きになった時は、もう駄目かと思って心配した。今じゃ長男に代わり、親の世話をしてくれてありがたいが。

ヨシエは、夫の勇が戦死し、リウマチにかかり苦労しながら、五人の子どもを抱えて苦労したね。一人息子の秀昭がやり手で、大きな家をつくったり、会社勤めをしながら、田畑をつくって関屋家を立て直したが、もう大丈夫だね。

フサエは子どものころは病気一つせず、すんなりと育ったが、長園の金持ちの家の盛男さんと結婚したが、盛男さんが酒好きで苦労するね。加減して飲むように言わんといかんど。

トクエは、二歳の時、筋炎を患い、太ももを上側から切り開いたら、〈こら、患部は裏側じゃった〉と医者は言ってまた下側から切り、治療したが、まこちかわいそうで、体がぶるぶる震えたが。それからトクエは、小学六年の時、伊倉のフイノの所に、養女にやった。この時も可哀そうじゃった。今じゃ夫の熊雄さんが商売が上手いから、金持ちになり、いい塩梅《あんばい》だね。

小さい時に死んだ、市次と末男は、どうしても助けることができず、死なしてしもた。時々夢に見るがね。同じ親に生まれた子どもにも、白穂もあれば、瑞穂もあるもんじゃ。不思議じゃね」

正雄「おっ母さんの話ばっかりじゃなしに、歌でも歌わんか」

卒寿会も歌や踊りで賑やかに時を過ごした。

正雄「おっ母さんも何か歌いならんか」

キヨ「歌は何も知らんが。こんげな歌は、どじゃろかい

〽百の蔵より　子は宝
やがて長じて　玉となり
蔵は木の葉と　散るけれど
子どもは光る　黄金色

」

無学で何も知らないと思っていたキヨが、こんな歌を歌うとは、皆びっくりして百寿までもいけると期待して会を終わった。

人生の夜風

清が自宅を建てた時、母用の部屋も作り一緒に住もうといって勧めたが、キヨはどうしても自分の家が良いと言って、一人暮らしを続けた。この年になっても、時々宮崎に行って商いをしては、小銭を稼いで楽しんでいた。

時は流れて、キヨは九十六歳になっていた。この日も、商いを終えた帰りに、あまりにも寒いので、今夜は正雄の家に泊めてもらおうと決めて家に行った。

キヨ「正雄、今夜は泊めてくれんか。寒くて家に帰れんごたる」

正雄「いつでも遠慮せず使ってくだいよ。いつでも待っているど」
トシエ「今日は寒いから、何か暖かい物を用意しましょう。お風呂に入り、ゆっくりしていてください」
正雄「今、用意するから炬燵《こたつ》に入って待っておりゃいよ。一人暮らしは、もう無理じゃがな」
キヨ「清が、いつも面倒を見てくれるかい助かっているが。やっぱり、一人で寝ると不安なこともあるよ。夜、倒れたときどうしようかとか、あそこのばあさん、商売で小金を貯めていそうだと悪い奴が来て、首を絞めやせんかと心配するがね。でも、何も起こらんで助かっている」
正雄「今の家に何年住んでおりゃるかな。俺も、佐土原の助役をしている時、二年ばかり住まわせてもろたが、静かで空気はいいし、離れたくないわな」
キヨ「もう、三十三年も住んでいるが。眠れん時など、家を何軒建てたかと数えてみる時があるが、掘っ立て小屋を入れて、七軒も作っているね。最初の家があれば末代もんじゃったけどね。空襲で焼けてしもた。今の家も、お前たちが若い時植えた杉を、守が何日もかかって伐り、作った家じゃったが。みーんな、夢んごたるね」

その夜はトシエさんの心づくしの夕食を美味しそうに食べてやすんだ。

キヨの死

キヨが夜中にトイレに起きて、トシエさんが付いて行き、布団に寝かせたとたん、異変が起きた。急に痙攣《けいれん》を起こして、うわごとを言い出した。

「入れ歯を持って来んか」

「草履を持って来んか」

「ここはどこじゃろか」

と、訳の分からぬことをいい出した。

慌てた二人は、救急車を呼び救急処置をしてもらったが、再び意識が戻ることはなかった。医者の診断では脳梗塞死であった。

キヨは昭和五十六年一月二十日この世を去った。享年九十六歳の大往生であった。

［参考文献］

1　西米良神楽　児原稲荷神社
2　鵜戸参りの道　名越時敏日記
3　シャンシャン馬道中唄　原田解
4　佐土原町史　佐土原町役場地域課
5　宮崎県風土記
6　戦友　東洋ジャーナル社
7　一億人の昭和史　毎日新聞社

母キヨの一生に思う
――あとがきに代えて――

キヨは明治の半ばに貧乏な家に生まれて、家庭を助けるために、小さい時から奉公に出され、従順で、勤勉なことの大事さを身につけさせられた。無学で、科学に弱く、旧来の自然な考え方をする人間であった。

権威に弱く、役人、医者、軍人、警察官、士族などの人を上と見るところがあり、きまりや命令には無批判的に動いた。戦時中などは、不平も言わず、国のためと言って奉仕活動などでよく働いた。

こういった旧式の人間ではあったが、人間に純粋なところがあり、誠実で慈愛心に富み、平和を愛し、誰もが人間らしく生きられる社会を望んだ。

キヨの勤労心や自立心は誰よりも優れ、百姓の本分である、米や野菜を作り、人々を養い、世の中に貢献してきた生涯に、私は敬意の念が湧いてくるのを覚える。一生を泥と汗に塗《まみ》れて働く姿こそ、現代人が学ばねばならない点ではないだろうか。

社会では、役職についたり、少し有名になると叙勲されたり、表彰され褒めたたえられるが、雑草のようなキヨは、どんなに世間に貢献しても、誰にも知られることもなく、褒められもせず、嫌がられることもなく一生を終わったのである。

せめて、子どもとしては、西方浄土におわすという阿弥陀如来様から、

「キヨ、お前は娑婆では立派な生き方をしてきた、金メダルを上げます。ゆっくり永遠に休むがよい」

と言って認めていただけば、最高の幸せと願うものである。

※　※

私の母、キヨをモデルに、初めて小説を書いてみましたが、素人のことで、どんな作品ができたことかと、不安に思っています。お読みいただければ光栄に存じます。

作者としては、キヨが生きた時代の背景、環境、人々の暮らしの様子を入れてキヨの生涯を書いてみたつもりです。

キヨは確かに一般の女性とは違って、不遇な環境に生まれ育ちました。それがバネ

となり、特別な人生観を持ち、特別な生き方をしました。その生きざまを見ていただければ幸いに思います。

最後に、人の生き方を教えてくれた、母キヨの御霊に、この一冊を捧げたいと思います。

三島　守

キヨ女一代記

二〇一八年七月二十日　初版印刷
二〇一八年七月三十日　初版発行

著　者　三島　守 ©
発行者　川口敦己
発行所　鉱　脈　社
〒八八〇 - 八五五一
宮崎市田代町二六三番地
電話　〇九八五 - 二五 - 一七五八

印刷
製本　有限会社　鉱　脈　社